Johannes Lichtenberg

Entschlüsselt!

Körpersprache

und Menschen lesen wie ein Buch. Wie du Körpersprache verstehst, nonverbale Kommunikation erkennst und die Manipulationstechniken & Psychologie deines Gegenübers erkennst.

Originale Erstausgabe Februar 2021
verlegt durch KR Publishing.

2. Auflage

Bibliografische Information der Deutschen Nationalbibliothek

Die Deutsche Nationalbibliothek verzeichnet diese Publikation in der Deutschen Nationalbibliografie, detaillierte bibliografische Daten sind im Internet unter https://portal.dnb.de abrufbar.

Druck/ Auslieferung: Amazon oder Tochtergesellschaft
Independently published

ISBN:
978-3-948593-38-4 [ebook]
978-3-948593-39-1 [Taschenbuch]

Inhalt

Vorwort

Körpersprache wird seit jeher zur Kommunikation genutzt. Dabei spielt es keine Rolle, ob sie absichtlich eingesetzt wird oder unterbewusst gewisse Dinge körperlich zum Ausdruck gebracht werden. Körpersprache wird immer zum Ausdruck gebracht – ob man möchte oder nicht. Darüber hinaus besteht der Vorteil darin, sich auch ohne Worte unterhalten zu können. Zudem kann man mithilfe seiner Körpersprache dem Gesagten mehr Ausdruck verleihen, aber auch ein Bild von sich kreieren und das eigene Selbst ausdrücken. Somit hat unsere Körpersprache eine bestimmte Wirkung auf andere Menschen. Dementsprechend ist es jedoch auch so, dass wir durch die Körpersprache unseres Gegenübers auf die falsche Fährte gebracht werden können und in eine bestimmte Richtung hin beeinflusst werden.

Dieses Buch startet mit einem umfangreichen Einstieg in die Welt der Körpersprache. Nachdem du mit den Grundlagen vertraut bist, erfährst du, wie du Körpersprache lesen und auch inkongruente Botschaften leicht erkennen kannst. Des Weiteren zeige ich dir, wie du Körpersprache lernen kannst, um sie gezielt einsetzen zu können. Damit du direkt durchstarten kannst und in die Umsetzung kommst, behandelt das letzte Kapitel Tipps und Tricks und noch einige abschließende Aspekte, die das Thema der Körpersprache abrunden. So wirst du schon in kurzer Zeit die Gedanken, Gefühle und Absichten deiner Mitmenschen entschlüsseln und besser einordnen können.

Ich wünsche dir viel Erfolg mit diesem Buch

Dein Johannes Lichtenberg

Unser Geschenk an dich!

Vielen Dank für den Kauf von diesem Buch und deinem damit verbundenen Vertrauen in uns als Herausgeber und in Johannes Lichtenberg als Autor dieses großartigen Buchs. Das bedeutet uns wirklich viel, weshalb wir dir den Ratgeber „Habit Hacks – 10 unscheinbare Schlüssel Gewohnheiten, die dein Leben verändern," als Download schenken – vollkommen gratis! Zudem möchten wir dir die Möglichkeit eines direkten Austauschs mit dem Autor anbieten. So kannst du z.B. deine Fragen, dein Feedback oder deine Anregungen Johannes zukommen lassen – eine tolle Möglichkeit für die Kommunikation zwischen Leser und Autor!

Diese kleinen und unscheinbaren Schlüssel Gewohnheiten verändern dein Leben – erfahre:

- ✓ wie eine kleine Veränderung beim Duschen deine Disziplin stärkt und dir einen Energiekick verschafft...
- ✓ wie eine Prise Salz dir einen Kickstart am Morgen verschaffen kann...
- ✓ wie eine kleine Einstellung an deinem Smartphone & Computer deinen Schlaf verbessert...
- ✓ noch weitere geniale und unscheinbare Habit Hacks!

Wenn du bereit bist, dein Leben mit einigen simplen Habit Hacks auf das nächste Level zu bringen, dann schaue am Ende nach deinem persönlichen Zugang.

Kapitel 1: Die Sprache unseres Körpers

Körpersprache ist allgegenwärtig. Jeder nutzt sie – ob bewusst oder unbewusst. Trotz des permanenten Kontakts und der eigenen Ausführung dieser Form der Kommunikation, fällt es uns schwer, Körpersprache zu deuten und vollkommen zu verstehen. Dementsprechend soll dieses Kapitel zum Einstieg in die Thematik dienen.

Was ist Körpersprache?

Körpersprache ist alles, was wir nicht aussprechen und dennoch kommunizieren. Unser Körper und unsere Haltung kommunizieren ständig – ob wir wollen oder nicht. In jeder zwischenmenschlichen Interaktion, bei der keine Worte verwendet werden, drücken wir uns so dennoch aus. Des Weiteren zählen zur Körpersprache die Gestik, Mimik und der Habitus. Was genau zu den einzelnen Aspekten zählt, werden wir uns in einem der folgenden Kapitel näher ansehen.

Man unterscheidet grundlegend zwischen Makro- und Mikrosignalen. Bei Letzterem handelt es sich um kurze Gesichtsausdrücke, die nur für den Bruchteil einer Sekunde gezeigt werden. Dabei ist die Unterdrückung dieser Mimik nahezu unmöglich und nur sichtbar, wenn man ein geübter Beobachter ist. So kann man dann beispielsweise eine Lüge enttarnen.

Sabine Mühlisch, die an der Hochschule in Konstanz als Dozentin für nonverbale Kommunikation tätig ist, spricht hierbei von einer Einheit aus Körper, Wort und Stimme, die andere Menschen wahrnehmen. Sie hält es für völlig unmöglich, dass ein Mensch mit dem Körper lügen kann. Das bestätigt auch eine Studie, die Albert Mehrabian, ein Psychologieprofessor aus den USA, durchgeführt hat. Der Studie zufolge sind Worte lediglich zu sieben Prozent dafür verantwortlich, welchen Eindruck ein Mensch bei anderen hinterlässt. Der Tonfall der Stimme trägt zu 38 Prozent dazu bei, während die Körpersprache 55 Prozent ausmacht. Soll die Kommunikation effektiv ablaufen, müssen also diese drei Aspekte der Kommunikation miteinander harmonieren. Ob das Ergebnis der Studie jedoch allgemeingültig ist und somit auf die Körpersprache generell angewendet werden kann, darauf kommen wir in einem der folgenden Kapitel zurück.

Den Großteil der Körpersprache machen unbewusste Gesten als Reaktion auf die Gesprächssituation, den Gesprächspartner oder auf Gefühle und Empfindungen aus. Wird man mit schlechten Nachrichten konfrontiert, beispielsweise der Todesnachricht eines geliebten Menschen, gelingt es wohl kaum seine Gefühle nicht durch Signale des Körpers zu zeigen. Ebenso verhält es sich natürlich mit positiven Nachrichten oder freudigen Überraschungen. Des Weiteren werden auch verschiedene Gefühlszustände, wie etwa Langeweile oder Angst, durch diese unbewussten Signale ausgedrückt.

Daneben gibt es aber auch bewusste Signale, die der Mensch im Laufe der Evolution erlernt oder sich bewusst antrainiert hat. Dazu gehört beispielsweise die aufrechte Körperhaltung oder dass das Gegenüber beim Gespräch angelächelt wird. Ob dieses Lächeln ehrlich wirkt, hängt dann allerdings von den unbewussten Signalen ab.

Die Entwicklung und Bedeutung der Körpersprache

Alle Lebewesen müssen sich irgendwie miteinander verständigen. Dementsprechend besteht die Körpersprache seit Anbeginn der Menschheit. Damals, als die Menschen noch Jäger und Sammler waren und der Natur oft schutzlos ausgesetzt waren, mussten die Menschen miteinander kommunizieren, um ihr Überleben zu sichern. Im Fall einer Situation, die über Leben und Tod entscheiden kann, mit einem Gegner, der tendenziell stärker ist als man selbst, ist es hilfreich nicht alleine zu sein. Dementsprechend konnte bereits damals, vor der verbalen Interaktion, nonverbal durch Körpersprache miteinander kommuniziert werden. So konnten Absprachen stattfinden, auch wenn man nicht dieselbe Sprache gesprochen hat.

Sieht man sich einer noch unbekannten, furchteinflößenden Situation gegenüber, zeigt der Mensch in der Regel drei mögliche Reaktionen: Angriff, Flucht oder Schockstarre. Dieses Verhalten ist ein Urinstinkt, der auch heute noch besteht. Zwar nicht mehr in demselben Ausmaß und mit derselben Intensität, aber dennoch in einer anderen Form. Wenn wir uns in einer unangenehmen Situation befinden, haben wir das Bedürfnis, uns dieser so schnell wie möglich zu entziehen. Wir tendieren dazu, dass sich unsere Füße bei einer Fluchtreaktion automatisch in Richtung Tür richten – auch wenn dem nicht aktiv so ist, verspüren wir dennoch das Bedürfnis danach.

Arten der Körpersprache

Zur Körpersprache zählen jegliche Bewegungen, die wir mit unserem Körper tätigen – mögen sie auch noch so klein sein: Wir setzen uns hin, schütteln jemandem die Hand, bewegen unsere Hände oder Füße oder haben Blickkontakt mit jemandem. All das sind Beispiele für die Körpersprache. Dabei sind die vier grundlegenden Unterscheidungen die Mimik, die Gestik, die Haltung und der Habitus.

Die Mimik

Unsere Mimik ist wohl die ausdrucksstärkste Sprache, die wir haben, da sich in unserem Gesicht nur selten etwas verbergen lässt. Selbst kleinste Regungen können uns im Zweifelsfall verraten und auf eine bestimmte Gefühlsregung hindeuten. Das hängt vor allem damit zusammen, dass wir unsere Gesichtsbewegungen nur bis zu einem gewissen Grad steuern können, aufgrund dessen, dass unser Gesicht intuitiv und situationsbedingt reagiert. Die meisten Versuche seine Regungen zu kontrollieren, führen unweigerlich dazu, dass es künstlich und unnatürlich auf unsere Mitmenschen wirkt.

Die Gestik

Unsere Gestik, zu der Hand- und Fußgesten zählen, ermöglicht uns, unser Gesagtes entsprechend zu unterstützen. So können wir zum

Beispiel Situationen oder Gegenstände bildhafter darstellen. Das ermöglicht dem Gegenüber eine bessere Vorstellung, wenn es um bestimmte Aspekte einer Erzählung geht. Die Nutzung von Gestik in Gesprächen hängt meistens mit dem Temperament und der Kulturzugehörigkeit zusammen.

Die Haltung

Die Haltung, die man während des Sprechens einnimmt, kann das Gesagte unterstützen und diesem mehr Ausdruck verleihen oder im Gegenteil dazu führen, dass es kontraproduktiv wirkt. Wer eine starke Haltung einnimmt, wird alles, was er sagt, auch stark rüberbringen können. Wer hingegen eine schwache Haltung einnimmt, bewirkt so, dass das Gesagte nicht den gewünschten Effekt erzielen kann. Dementsprechend sollte sowohl beim Sitzen als auch beim Stehen auf eine aufrechte Haltung geachtet werden und der Blick sollte auf den Gesprächspartner gerichtet sein.

Der Habitus

Der Habitus wird von verschiedenen Personen unterschiedlich definiert. In diesem Fall definieren wir den Habitus als das Auftreten einer Person im Ganzen. Dazu zählen das Sozialverhalten, aber auch Gewohnheiten. Dementsprechend setzt sich der Habitus aus allen Aspekten zusammen, die man als Außenstehender mitbekommen kann. Er setzt sich zusammen aus der Kleidung, dem Verhalten, der Sprache, den Vorlieben oder auch der generellen Lebensgestaltung einer Person. Somit verdeutlicht der Habitus die Zugehörigkeit und die Position eines Menschen in der Gesellschaft. Das bedeutet auch, dass ein Mensch aufgrund des Habitus anders eingeordnet werden kann – also einer höheren oder niedrigeren Schicht zugeordnet werden kann.

Es wird deutlich, dass sich die Körpersprache aus verschiedenen, an sich komplett unterschiedlichen Aspekten zusammensetzt. Das bedeutet aber auch, dass das Kontrollieren und Verstehen von Körpersprache deutlich erschwert werden kann.

Positive vs. negative Körpersprache

Körpersprache ist nie neutral. Sie wird immer negativ oder positiv von dem Gegenüber interpretiert. Dabei gibt es Körperhaltungen, die meistens nicht individuell interpretiert werden, sondern von dem Großteil der Menschen positiv oder negativ angesehen werden. Um diese Körperhaltungen soll es im Folgenden gehen.

✓ Den Körper verdecken

Wenn man seinen Körper verdeckt, signalisiert das Schüchternheit und Zurückhaltung. Selbst mit einem kleinen Gegenstand in den Händen wie einer Kaffeetasse, wirkt es so, als wollte man sich verstecken. Aber auch Unwohlsein kann durch das Verdecken des Körpers verstanden werden – entweder, weil man keine Lust auf ein Gespräch mit seinem Gegenüber hat oder sich mit sich selbst unwohl fühlt.

Wenn man etwas trägt, sollte man es selbstbewusst tragen. Ist die Körperhaltung aufrecht, wirkt der Gegenstand, den man trägt nicht verdeckend. Trägt man größere Dinge, sollte man diese seitlich unter dem Arm tragen, da man so offener auf sein Umfeld wirkt.

✓ Die Arme vor dem Körper verschränken

Verschränkt man die Arme vor seinem Körper, da man aktiv einen Schutz aufbauen möchte oder auch einfach, weil man nichts anderes mit seinen Armen anzufangen weiß, wird das meist vom Gegenüber negativ aufgenommen. Es wirkt passiv und abweisend. Man möchte seinen Gesprächspartner auf Abstand halten und ist eigentlich allem negativ gegenüber eingestellt.

Anstatt die Arme zu verschränken, sollte man diese eher an den Seiten runterhängen lassen oder sie in die Hosentaschen stecken, sodass der Daumen noch herausschaut. So wirkt man dem Anderen locker und offen gegenüber. Wenn man etwas in den Händen hält, kann dies auch dabei helfen, das Verschränken der Arme zu vermeiden. Jedoch sollte man dabei aufpassen, dass man nicht mit dem Gegenstand herumspielt oder ihn als Körperschutz nutzt.

✓ Die Uhr ständig im Blick haben

Es kann durchaus vorkommen, dass man in ein Gespräch verwickelt wird, obwohl man nicht die Zeit für ein ausführliches Gespräch hat. Dennoch sollte man darauf achten, nicht permanent auf die Uhr zu schauen. Dieses Verhalten vermittelt Desinteresse und Gelangweiltheit.

Stattdessen sollte man seinem Gegenüber von Anfang an mitteilen, dass man nicht viel Zeit hat oder zu einem bestimmten Zeitpunkt woanders sein muss. Wenn man sich sonst mit den Blicken auf die Uhr gar nicht zurückhalten kann, kann man sich auch einen Timer stellen, sodass man auf jeden Fall pünktlich bei dem anderen Termin ist. So ist von Anfang an klar, dass es nicht an mangelndem Interesse, sondern an mangelnder Zeit liegt und das Gespräch zu einem anderen Zeitpunkt wieder aufgenommen werden kann.

✓ Sich schnell ablenken lassen

In manchen Gesprächen neigt man dazu, sich schnell von anderen Dingen ablenken zu lassen. Das kann ein Fussel auf der Kleidung, eine andere Person oder ein Objekt sein, das sich in der Nähe befindet. Auch der Boden kann eine willkommene Ablenkung sein, sodass man seinen Blick immer wieder nach unten senkt. Doch jegliche Form der Ablenkung, der man während eines Gespräches nachgibt, signalisiert dem Gegenüber Desinteresse und kann ein Hinweis auf Unehrlichkeit sein.

Dementsprechend solltest du darauf achten, dass du dich während eines Gesprächs vollkommen auf dein Gegenüber einlässt. Es ist absolut normal, dass man zwischendurch kurz abgelenkt werden kann, dennoch sollte man darauf achten, der Ablenkung nicht nachzugeben und schnell wieder den Fokus auf den Gesprächspartner zu lenken. Am einfachsten ist es hierbei, wenn man das immer wieder übt und sich bewusst bei der Gesprächsführung beobachtet.

✓ Den Blick nicht halten können

Wer in einem Gespräch meistens nach unten schaut, wirkt desinteressiert oder schüchtern, wer im Gegensatz dazu nach oben oder generell an seinem Gegenüber vorbei schaut, wirkt arrogant. Vor allem den Blickkontakt zu halten, kann am Anfang eine echte Herausforderung sein, sodass man schnell dazu geneigt ist wegzuschauen.

Allerdings zeugt ein gut gehaltener Augenkontakt von Stärke und Selbstbewusstsein. Zudem vermittelt man so seinem Gegenüber Interesse und dass man sich wirklich auf die Person und das Gespräch einlässt. Somit sollte man das Halten des Augenkontakts in jedem Gespräch üben und wenn man kurz wegschaut, so schnell wie möglich zurück zu den Augen des Gegenübers kommen. Das ist zu Beginn oft eine Überwindung, wird aber viele positive Effekte in der Interaktion mit anderen Menschen mit sich bringen.

✓ Das falsche Maß an Nähe und Distanz

Die Körperhaltung und die Zugewandtheit können einen großen Einfluss auf den Gesprächspartner haben. Wenn wir jemandem gegenüber positiv gestimmt sind, neigen wir uns zu dieser Person und richten unseren Körper unserem Gegenüber zu. Ist uns die Person unsympathisch, suchen wir hingegen Distanz. Diese Ausrichtung funktioniert dabei meist ganz automatisch, ohne unser Zutun. Wenn wir uns von dem anderen abwenden, wirkt das desinteressiert und generell dem Gespräch und der Person gegenüber abgeneigt.

Wenn dir in Gesprächen auffallen sollte, dass du dich oft nicht zu deinem Gegenüber ausrichtest, dann kannst dies zukünftig gezielt tun. Außerdem solltest du stets auf das richtige Maß an Nähe und Distanz achten. Denn jemandem zu nahe zu kommen, kann ebenfalls das Gespräch und die Beziehung zu einem anderen Menschen negativ beeinflussen.

✓ Die Hand nicht von seinem Gesicht lassen können

Manche Menschen verspüren häufig das Bedürfnis, sich ins Gesicht zu fassen oder auch an ihren Klamotten herumfummeln zu müssen. Zum einen wirkt dieses Verhalten wieder desinteressiert und gelangweilt, aber zum anderen kann das häufige Sich-ins-Gesicht-Fassen auch als Anzeichen für eine Lüge verstanden werden. Darauf deutet vor allem das Bedecken des Mundes hin.

Kann man seine Hände nicht stillhalten und hat ständig das Bedürfnis, irgendwas in seinem Gesicht oder an seiner Kleidung machen zu müssen, sollte man auch hier gezielt darauf achten und sich jedes Mal ermahnen. So wird man es mit der Zeit schaffen, diesem Verlangen weniger nachzugehen. Darüber hinaus spielt auch der Fokus eine entscheidende Rolle – wenn man sich voll und ganz auf seinen Gesprächspartner und das Gespräch an sich einlässt, verschwendet man keinen Gedanken an solche Handlungen.

✓ Die Hände hinter dem Kopf verschränken

Ebenso verpönt ist es, die Hände hinter den Kopf zu legen, während die Ellbogen nach außen gerichtet sind. Wer das macht, signalisiert seinen Gesprächspartnern damit, dass er sich ihnen überlegen fühlt. Man baut sich dominant vor seinem Gesprächspartner auf und wirkt, als sei man über alles erhaben. Es signalisiert Abwehr und kein wirkliches Interesse am Gespräch.

Viele Menschen verschränken ihre Arme, weil diese Geste für sie einfach bequem ist. Aber genau so, wie wenn man seine Arme verschränkt, ist diese bequeme Position eher kontraproduktiv für ein gutes Gespräch auf Augenhöhe.

✓ Sich kratzen

Wer sich am Hals oder am Kopf kratzt, zeigt damit nach außen hin Unsicherheit oder Zweifel. Auch Nervosität kann so ausgedrückt werden. Dementsprechend deutet Kratzen immer darauf hin, dass man sich in der momentanen Situation nicht besonders wohlfühlt oder nicht bei der Sache ist und sich deswegen eine andere Beschäftigung sucht. Zudem wird diese Geste von einigen Menschen sogar als Anzeichen für eine Lüge interpretiert.

Wenn man während eines Gesprächs das Gefühl hat, sich öfter kratzen zu müssen, sollte man dem nicht nachgeben und stattdessen den vollen Fokus auf sein Gegenüber legen. So wird das Jucken mit der Zeit vergehen und das Bedürfnis sich zu kratzen schwindet.

✓ Die falsche Handhaltung

Das Kreuzen der Hände vor dem Schritt ist bei vielen Männern eine beliebte Pose, schließlich machen es erfolgreiche Sportler ebenfalls so. Allerdings kann diese Pose schnell von einem selbstbewussten Auftreten hin zu purer Unsicherheit schwanken. Das hängt damit zusammen, dass die Schultern nach vorne gezogen werden, wenn man nicht darauf achtet. So wirkt der Körper schmal, was auf Unsicherheit hindeutet.

Somit sollte man bei dieser Körperhaltung entweder auf einen aufrechten Stand und die richtige Schulterposition achten oder im Zweifelsfall lieber auf diese Körperhaltung verzichten. Stattdessen kann man die Hände locker in die Hosentaschen stecken, damit nach Bedarf gestikulieren oder einfach bei gerader Haltung die Hände an den Seiten hängen lassen.

✓ Den Kopf stützen

Manchmal überkommt einen das Bedürfnis, den Kopf ablegen zu wollen. Dafür muss es nicht einmal einen ersichtlichen Grund geben. Allerdings wirkt diese Körperhaltung eigentlich nie gut. Wer seinen Kopf mit den Händen stützt, zeigt damit, dass ihm langweilig ist. Man wirkt nicht wirklich interessiert und konzentriert schon mal gar nicht.

Dementsprechend sollte man, vor allem im professionellen Bereich, darauf verzichten. Im Privaten ändert sich der Eindruck, der bei anderen Menschen entsteht, zwar dennoch nicht, aber man trifft auf mehr Verständnis und kann sich besser erklären. Dennoch sollte man im Kontakt und Gespräch mit anderen darauf verzichten und stattdessen den Kopf erheben und die Hände flach auf den Tisch gelegt oder bei vorhandenen Armlehnen darauf ablegend platzieren.

Unter dem Einfluss unserer Körpersprache

Unsere Körpersprache hat nicht nur einen Einfluss auf unser Gegenüber, sondern bewirkt auch in uns etwas. Dementsprechend soll es an dieser Stelle konkret darum gehen, inwiefern sich unsere Körpersprache auf verschiedene Aspekte unseres Lebens auswirkt.

Die Körpersprache entscheidet darüber, wie unser Gegenüber uns wahrnimmt und wie der erste Eindruck ausfällt. Wenn jemand gut aussieht, die Körperhaltung jedoch eher deprimiert und in sich eingefallen ist, dann wird das eigentlich gute Aussehen dadurch gemindert. Genauso kann ein tendenziell weniger attraktiver Mensch durch eine entsprechende Körperhaltung deutlich attraktiver wirken. Außerdem können wir mithilfe unserer Körpersprache gewisse Dinge ausgleichen. So wird einem kleinen Menschen mit einer aufrechten, eventuell sogar angriffslustigen Körpersprache Respekt entgegengebracht – sogar von Menschen, die deutlich größer gewachsen sind.

Zudem verstärkt oder mindert deine Körpersprache dein Gesagtes. Bei richtigem Einsatz von Mimik, Gestik, Haltung und Habitus, kannst du allem, was du verbal von dir gibst, deutlich mehr Aussagekraft geben. Das wiederum verstärkt den Eindruck, den andere Menschen von dir bekommen. Wenn dein Gesagtes durch deine Körpersprache verstärkt wird und alles kongruent zueinander ist, wirst du auch automatisch authentischer auf andere wirken.

Des Weiteren beeinflusst die Körpersprache nicht ausschließlich die Wahrnehmung anderer von uns, sondern auch wie wir uns fühlen. Wenn unsere Körperhaltung selbstbewusst ist, werden wir uns auch selbstbewusster fühlen. Da unser Körper mit unserem Inneren zusammenhängt, können sich beide gegenseitig beeinflussen. Fühlen wir uns in unserem Inneren gesund und vor Kraft strotzend, wird auch unser Körper das nach Außen hin widerspiegeln. Aber auch wenn unsere Haltung Kraft und Gesundheit ausdrückt, wird sich unser Inneres dem Stück für Stück anpassen.

In diesem Zusammenhang trifft auch der Spruch: Fake it till you make it – also täusche es vor, bis du es erreicht hast, zu. Wenn deine Körpersprache Erfolg ausdrückt, steigerst du die Wahrscheinlichkeit, dass du erfolgreich sein wirst, enorm. Das hängt damit zusammen, dass deine Körpersprache sich auf alle deine Lebensbereiche übertragen wird. Du fühlst dich erfolgreich, sodass sich die Einstellung des Erfolges irgendwann nicht mehr abwenden lässt.

Kommunikationstypen der nonverbalen Sprache

Unsere Kommunikationsfähigkeit und unsere Bereitschaft zu kommunizieren hängt von individuellen Faktoren ab. Grundlegend hängt es von der physischen und psychischen Verfassung ab. Hinzu kommen Einflussfaktoren wie die Laune in diesem Moment oder auch der Wissensstand zu einem bestimmten Thema. Hat jemand zum Beispiel Kopfschmerzen, wird sein Interesse an verbaler Kommunikation nicht allzu hoch sein.

Dass es verschiedene Kommunikationstypen gibt, wird spätestens dann deutlich, wenn man Menschen innerhalb einer Gruppe beobachtet – selbst wenn alle Beteiligten bei guter Laune sind und sich bester Gesundheit erfreuen. Der eine ist kommunikativ sehr präsent, der Nächste hält sich lieber zurück und teilt sich nur selten mit. Diese Unterschiede werden vor allem in Konfliktsituationen noch einmal deutlicher. Letztendlich ist es aber auch gut und wichtig, dass kommunikativ nicht alle Menschen gleich sind. Wären alle Menschen in ihrer verbalen Kommunikation gleich, würde diese wohl kaum möglich sein.

Der Kommunikationstyp eines Menschen hängt maßgeblich mit seinen Charakterzügen zusammen. Außerdem kann kein Mensch strikt einem Kommunikationstypen zugeordnet werden, da es meistens situations- und umweltbedingt ist. Allerdings kann die Art und Weise der Kommunikation Rückschlüsse auf die Zuordnung zu einem Typ geben. Häufig unterschieden werden die folgenden sieben Kommunikationstypen:

Der Analytiker

Der Analytiker macht sich seinen Namen dadurch, dass er strukturiert und logisch denkt, was er im Gespräch stets vermittelt. Dieser Typus zeichnet sich dadurch aus, dass er Dinge auf den Punkt bringt und hervorragend argumentieren kann.

Der Kritiker

Der Kritiker sieht stets das Schlechteste zuerst und stellt dies auch entsprechend in den Vordergrund. Wer mit diesem Kommunikationstyp zusammen lebt oder arbeitet, braucht vor allem starke Nerven.

Der Verallgemeiner

Analytisches Denken ist die große Schwäche des Verallgemeiners, der dafür ein hohes Maß an emotionaler Intelligenz und Kreativität besitzt. Zwar kann dieser Typus Probleme als Ganzes betrachten und den Überblick behalten, jedoch hat er Probleme, wenn es zu sehr ins Detail geht.

Der Besserwisser

Besserwisser sind von dem Drang erfüllt, ihrem Umfeld ihr vermeintliches Wissen kundzutun. Das geschieht meist auf eine sehr überhebliche Art, bei der ihre Gesprächspartner gerne bloßgestellt werden. Deshalb haben Menschen dieser Gruppe meist nur wenige soziale Kontakte, weil ihnen Mitmenschen nach Möglichkeit ausweichen.

Der Abweisende

Der Abweisende meidet sowohl Konfliktsituationen als auch jegliche Art von Gesprächen. Oft sind Menschen dieses Typs sehr unsicher oder schüchtern und ihnen fehlt es am notwendigen Selbstvertrauen. Ihre Körpersprache und Ausdrucksweise vermitteln ihren Mitmenschen, dass sie keine Lust auf jegliche Form von Kommunikation haben.

Der Sanfte

Der sanfte Kommunikationstyp scheut Konfliktsituationen und ist stets darauf bedacht, dass Harmonie herrscht. Er gilt als guter Zuhörer und möchte es möglichst allen Recht machen. Es fällt somit jedem anderen Menschen leicht, sich mit diesem Kommunikationstyp zu unterhalten.

Der Alleinunterhalter

Der Alleinunterhalter hört sich nicht nur selbst gerne reden, sondern stellt sich auch in jeder sich bietenden Situation in den Mittelpunkt. Vor allem in größeren Gruppen laufen Alleinunterhalter zu ihrer Bestform auf.

Irrtümer der Körpersprache

Da Körpersprache immer wichtiger wird, gibt es auch immer mehr Menschen, die an diesem Thema interessiert sind. So kommt es jedoch auch dazu, dass sich unter Umständen Fehlinformationen verbreiten. Um einige dieser Irrtümer gar nicht erst bei dir zu verankern, werden wir diese im Folgenden durchgehen und aufklären.

Die 7:38:55-Formel

Diese Formel habe ich dir bereits zu Anfang kurz erläutert. Es geht darum, dass das Gesagte sieben Prozent ausmacht. Dazu kommen die Stimme mit 38 Prozent und mit dem größten Anteil von 55 Prozent die Körpersprache. Allerdings sind die Ergebnisse aus Mehrabians Studie nicht auf die Kommunikation im Allgemeinen zu beziehen.

Es handelt sich dabei um missinterpretierte Ergebnisse, die mittlerweile als Mythos hartnäckig bestehen bleiben. Während seiner Untersuchungen in den 1960er-Jahren hat Mehrabian inkongruente Botschaften untersucht. Unter inkongruenten Botschaften werden Aussagen verstanden, die sich je nach Ausdruck verändern. So sagt der Mund etwas anderes als der Körper ausdrückt. Ein Beispiel dafür wäre, dass die Stimme zittert, während man sagt, dass man keine Angst hat oder selbstsicher ist.

Das Interesse lag dabei vor allem auf Beobachtungen hinsichtlich der Wahrnehmung inkongruenter Botschaften von Zuhörern. Neben der Wahrnehmung waren außerdem die Rückschlüsse, die daraus gezogen wurden, von Relevanz.

Dementsprechend wird bereits anhand dieser Tatsache deutlich, dass die Ergebnisse nicht auf die allgemeine Kommunikation bezogen werden können. Unterstützend dazu kommt der Aspekt, dass es sich bei den Botschaften in der Studie um einzelne Worte handelte. Dass ein Wort nicht stellvertretend für die gesamte Kommunikation gesehen werden kann, sollte jedem einleuchten.

Letztendlich zeigt sich somit, dass diese Verteilung der Wirkung einzelner Aspekte nicht hinkommt und nicht der Realität entspricht. Stattdessen kann man davon ausgehen, dass unser Auftreten in allen Facetten davon abhängig ist, wie das Zusammenspiel aller nonverbaler und verbaler Anteile bei uns funktioniert. Wir sollten uns nicht auf einzelne Aspekte konzentrieren, sondern daran arbeiten, dass alles im Einklang ist.

Lüge oder Wahrheit: Die Bewegung der Augen

Aus der Neuro-Linguistischen Programmierung stammen die sogenannten Augenzugangshinweise. Diese besagen, vereinfacht gesagt, dass jemand, der während des Gespräches nach links oben blickt, lügt. Wer nach rechts oben blickt, sagt hingegen die Wahrheit. Das hängt damit zusammen, dass man bei dem Blick nach links oben davon ausgeht, dass ein Mensch gerade etwas konstruiert und wenn sein Blick nach rechts oben geht, sich erinnert.

Diese Annahme ist jedoch schwer zu verallgemeinern, da sich die Blickrichtungen nicht allen Menschen gleichermaßen zuordnen lassen. Davon abgesehen ist es durchaus nicht selten, dass ein Mensch eine Lüge so verinnerlicht hat, dass er sie nicht mehr konstruieren muss, sondern bereits als Wahrheit ansieht. Da es bisher keine eindeutigen Nachweise zwischen dem Blick und dem Wahrheitsgehalt einer Aussage gibt, ist diese Annahme ebenfalls ein Irrtum.

Verschränkte Arme = Abwehr

Diesen Punkt habe ich bereits zuvor angemerkt. Verschränkt jemand die Arme, heißt das noch lange nicht, dass derjenige dicht gemacht hat und sich in einer Abwehrhaltung befindet. Es besteht durchaus die Möglichkeit, dass ein Gesprächspartner interessiert und aufmerksam zuhört und die Arme nur verschränkt, weil diese Position entspannt ist.

Distanz durch Gegenstände schaffen

Die Hände während eines Gesprächs ruhig zu halten, wenn man der Zuhörer ist, ist die beste Haltung und definitiv ein Aspekt der Körpersprache, den man sich aneignen sollte, wenn es einem bisher schwerfällt.

Allerdings bedeutet das Halten eines Stiftes bei einem Gespräch nicht unbedingt, dass dein Gegenüber Distanz zu dir aufbauen möchte, allerdings wird es häufig so von anderen interpretiert. Es ist durchaus möglich, dass beim Zuhören eine manuelle Betätigung gebraucht wird, die beispielsweise zur Konzentration beiträgt. Des Weiteren kann es sein, dass sich die Person darauf vorbereitet, zeitnah auch etwas zu sagen oder dass die Person den Stift zur Wortmeldung nutzt.

Die Nase enttarnt den Lügner

Ein Lügner greift sich ständig an die Nase: Den sogenannten Pinocchio-Effekt gibt es durchaus, wie Forscher nachgewiesen haben. Das liegt daran, dass das Aussprechen einer Lüge für einen verstärkten Blutfluss im Nasenbereich sorgt, diese wärmer wird und ein Juckreiz entsteht. Der Reiz des Juckens tritt dabei nicht immer, aber doch häufig auf. Die Folge davon kann der unbewusste Griff an die Nase sein, wenn man lügt.

Dennoch kann man nicht automatisch bei jedem Kratzen an der Nase darauf schließen, dass dein Gegenüber dir gerade einen Bären aufbindet. Schließlich kann das Kribbeln der Nase auch andere Ursachen haben – so kann es sich zum Beispiel um eine lästige Gewohnheit handeln, die in Stresssituationen auftritt.

Das Wichtigste in Kürze

✓ Unser Körper kommuniziert permanent – ob absichtlich oder unbewusst –, sodass in jeder nicht verbalen Kommunikation trotzdem kommuniziert wird.

✓ Die Körpersprache umfasst Gestik, Mimik, Haltung und den Habitus. Die Gestik sind Hand- und Fußgesten, die Mimik sind unsere Gesichtsgesten, die Haltung ist unsere allgemeine Körperhaltung und der Habitus umfasst das Auftreten einer Person im Ganzen und setzt sich aus allen Aspekten zusammen, die ein Außenstehender wahrnehmen kann.

✓ Bei Gesichtsausdrücken unterscheidet man zwischen Makro- und Mikrosignalen, wobei Letztere nur einen Sekundenbruchteil gezeigt werden.

✓ Körpersprache ist nie neutral und wird immer positiv oder negativ interpretiert. Negative Körpersprache wäre beispielsweise das Verdecken des Körpers, der mangelnde Blickkontakt, die fehlende Distanz oder das Stützen des Kopfes.

✓ Unsere Körpersprache entscheidet über den ersten Eindruck. Dementsprechend kann man durch die Körpersprache sein Auftreten verstärken oder mindern und andere Unzulänglichkeiten ausgleichen.

✓ Die Kommunikationsfähigkeit und -bereitschaft ist individuell und hängt von der physischen und psychischen Verfassung eines Menschen ab. Außerdem spielen die aktuelle Verfassung und der Wissensstand eine Rolle.

✓ Die sieben Kommunikationstypen, die generell unterschieden werden, heißen: der Analytiker, der Kritiker, der Verallgemeiner, der Besserwisser, der Abweisende, der Sanfte und der Alleinunterhalter. Die meisten Menschen sind eine Mischform und nicht einem Typen einwandfrei zuzuordnen.

✓ Die größten Irrtümer der Körpersprache sind: die 7:38:55-Formel, die Augenzugangshinweise, das Verschränken der Arme, um Abwehr auszudrücken, der Distanzaufbau durch Gegenstände und das Kratzen der Nase als Zeichen einer Lüge.

Kapitel 2: Der Facettenreichtum unserer Körpersprache

In diesem Kapitel soll es um einzelne Facetten der Körpersprache gehen, sodass einzelne Elemente und deren Wirkung klarer werden. Außerdem sollen auch andere Einflussfaktoren betrachtet und der entsprechende Einfluss näher unter die Lupe genommen werden.

Ergänzende Einflussfaktoren der Körpersprache

Zu den im vorherigen Kapitel genannten Aspekten Mimik, Gestik, Haltung und Habitus, kommen noch weitere Einflussfaktoren hinzu.

Der Blick

Mit unserem Blick stellen wir eine Verbindung zu unserem Gesprächspartner her. Zudem signalisieren wir so Aufmerksamkeit und Interesse. Somit vermitteln wir unserem Gesprächspartner vollkommen bei seinen Schilderungen zu sein. Allerdings fällt es vielen Menschen schwer, den Blickkontakt zu halten, vor allem ununterbrochen über einen längeren Zeitraum hinweg. Wenn man die Person ist, die gerade etwas schildert, kann es ebenfalls schwer sein, den Blickkontakt zu halten. Ursachen dafür können sein, dass man sich an Details der Geschichte erinnern möchte und dafür den Blick auf etwas anderes richten muss, da es einem so leichter fällt oder weil einen die andere Person dazu verleiten kann, abgelenkt zu sein. Behält man seinen Fokus während des Erzählens nicht auf der Geschichte, können Details des Zuhörers ablenkend sein, vor allem, wenn der Blickkontakt gehalten wird.

Dementsprechend ist es als Zuhörer wichtig, dass man sich auf das Erzählte fokussiert, da es so leichter ist, den Blickkontakt aufrechtzuerhalten – man macht sich schlicht und ergreifend weniger Gedanken darüber, dass es komisch ist, den Blickkontakt zu halten, was die andere Person darüber denken könnte oder ähnliches.

Der Abstand

Der optimale Abstand einer anderen Person gegenüber ist wichtiger als die meisten Menschen wohl vermuten würden. Die meisten Menschen lassen sich in distanziert und distanzlos einteilen. Dabei handelt es sich um die Menschen, die Körperkontakt brauchen und suchen und diejenigen, die lieber nicht von jedem angefasst oder umarmt werden wollen. Dabei fällt es oft schwer, sich vorzustellen, dass es Menschen gibt, denen es anders gehen könnte, sodass Unverständnis entsteht, wenn nicht jeder umarmt werden möchte, sondern bei der Begrüßung nur winkt und die Distanz zu seinem Gegenüber beibehält.

Dementsprechend ist es wichtig, bei jedem Menschen zu schauen, welches Maß von Nähe und Distanz angebracht ist. Durch den richtigen Abstand bauen wir eine Verbindung zu unserem Gesprächspartner auf und beeinflussen unser Auftreten und die Wahrnehmung unseres Gegenübers. Zu viel Nähe wirkt dabei meist aufdringlich, zu viel Distanz hingegen sorgt für Abstand und damit verbunden für das Gefühl, dem Kontakt gegenüber abgeneigt zu sein. Am besten beobachtet man Personen, die man neu kennenlernt, orientiert sich an dem jeweiligen Verhalten anderer Menschen der Person gegenüber, passt sich der Person an oder fragt bei Gelegenheit einfach nach.

Die Distanzzonen

Um den letzten Aspekt des Abstandes weiter aufzugreifen, soll es an dieser Stelle um die Distanzzonen gehen. Diese werden vermutlich für die meisten etwas Neues sein, da man sich in der Regel eher wenig Gedanken darüber macht und davon ausgeht, dass man intuitiv die richtige Distanz wahren wird. Allgemein kann man sagen, dass das richtige Maß an Distanz davon abhängig ist, in welcher Situation man sich befindet und wie die Beziehung zu seinem Gegenüber ist – aber auch die Kultur kann eine Rolle spielen.

Da jeder Mensch ein anderes Bedürfnis nach Nähe und Distanz hat, lässt sich lediglich ein grober Richtwert angeben, der in verschiedenen Situationen angebracht ist. Dabei wird in Mitteleuropa zwischen vier verschiedenen Distanzen unterschieden:

Die **öffentliche** Distanz

Die öffentliche Distanz betrifft Begegnungen im öffentlichen Raum oder auf der Straße. Die meisten Menschen halten in diesem Bereich einen Abstand von etwa dreieinhalb Metern zu ihrem Gegenüber ein. Ein kürzerer Abstand wird hier als Eindringen in die persönliche Ebene verstanden.

Die **soziale** Distanz

Die soziale Distanz betrifft offizielle Gespräche, aber auch formelle Anlässe sowie öffentliche Reden. Bei diesen Gelegenheiten gilt ein Abstand von 1,20 bis 3,60 Metern als angemessen. Das gilt auch für Situationen wie Bewerbungsgespräche, weil sich hier ohnehin meist ein Tisch zwischen den beiden Gesprächspartnern befindet. Beim Begrüßen oder Verabschieden gilt ein Abstand von einer Armeslänge als angebracht.

Die **persönliche** Distanz

Die persönliche Distanz liegt zwischen 50 Zentimetern und 1,20 Metern und ist lediglich vertrauten Menschen vorbehalten. In dieser Distanz wird oft auch über Persönliches gesprochen, ein Körperkontakt muss aber nicht zwangsläufig erfolgen.

Die **intime** Distanz

Die intime Distanz liegt unter einem halben Meter und ist jenen Menschen vorbehalten, die sehr vertraut miteinander sind. Dringt jemand unberechtigter Weise in die intime Distanz eines anderen ein, wird dieser mit einer Abwehrreaktion reagieren.

Die alltäglichen Gesten

Oft müssen zwei Gesprächspartner sich nicht verbal verständigen, um zu wissen, was der andere sagen möchte: Sie drücken ihren Willen durch Gesten aus. Und dieser Sprachschatz ist weitaus größer als viele meinen. Denn insgesamt beherrscht der Mensch über 5.000 Gesten. Dabei gibt es einige Gesten, die jeder Mensch kennen sollte, um sie gezielt einsetzen zu können. Damit die menschlichen Gesten kategorisiert werden können, unterteilen Kommunikationsforscher die Gestik in fünf verschiedene Typen: in Embleme, Illustratoren, affektive Gesten, Regulatoren und Adaptoren.

Embleme

Bei Emblemen handelt es sich um konventionelle Gesten, die von jedem unmittelbar verstanden werden. Dazu gehören beispielsweise der Händedruck bei der Begrüßung oder auch das Tippen mit dem Zeigefinger an die Stirn, wodurch dem Gegenüber der Vogel gezeigt wird.

Illustratoren

Bei Illustratoren handelt es sich um Gesten, die ein Mensch ausübt, während er spricht. Damit unterstreicht er das Gesagte, indem er es bildlich darstellt. Beispielsweise zeigen viele Menschen mit Daumen und Zeigefinger an, wie klein etwas ist.

Affektive Gesten

Durch eine affektive Geste drückt ein Mensch aus, was er gerade empfindet. Diese Gesten, die sich meist in Form von Gesichtsausdrücken äußern, lassen sich nicht kontrollieren. Dazu gehören beispielsweise das Zusammenziehen der Augenbrauen oder die Andeutung eines leichten Lächelns. Diese unbewussten Gesten machen Menschen sehr oft zusammen mit anderen Gesten, beispielsweise, wenn sie die Arme verschränken.

Regulatoren

Mittels Regulatoren antworten die Gesprächspartner oder fordern einen anderen dazu auf, etwas zu tun. Bei Veranstaltungen signalisiert der Veranstaltungsleiter beispielsweise oft mit einem Kopfnicken, dass der nächste Redner mit seinem Beitrag beginnen kann.

Adaptoren

Gesten aus der Kategorie der Adaptoren werden unbewusst ausgeführt. Sie werden meist in der Nähe des Gesichts ausgeführt, um Emotionen auszudrücken. So mancher beruhigt sich beispielsweise dadurch, dass er an sein Ohrläppchen greift.

Gesten im Detail

Jeder Mensch nutzt irgendwelche Gesten zur Verständigung. Manche Menschen sind dabei ausdrucksstärker und nutzen Gesten vollumfänglicher, andere Menschen sind sparsamer in ihrer Nutzung von Gesten. Um zu klären, welche Arten von Gesten es gibt, sollen diese im Folgenden näher betrachtet werden. Denn letztendlich kann der Mensch mit jedem Körperteil subtile Gesten machen, die nur bedingt vom Gegenüber bewusst wahrgenommen und verarbeitet werden müssen und dennoch positiv oder negativ wirken können.

Die **Hand**gesten

Handgesten sind die am häufigsten genutzten Gesten. Anhand der Handgesten können Gesprächspartner sehr viel ablesen. Entscheidend für ihre Wirkung ist die Frage, in welcher Höhe sich die Hände des Gestikulierenden befinden. Sind die Hände auf oder unter Taillenhöhe, haben diese Gesten eine negative Wirkung. Sind die Hände über der Taille, wirken sie positiv.

Zudem ist es wichtig, wie sichtbar die Hände gehalten werden. Versteckt ein Mensch seine Hände, etwa hinter dem Rücken oder in der Hosentasche, bewertet sein Gesprächspartner dies als negativ. Deswegen sollten lediglich die Daumen in der Hosentasche verschwinden, da so die Hände sichtbar bleiben. Generell gilt: Wer seine Hände sichtbar hält, sollte sich darum bemühen, häufig offene und freundlich wirkende Gesten zu nutzen.

Die **Hand-Hals**-Gesten

Alle Gesten, die oberhalb der Taille ausgeführt werden, werden als positiv betrachtet, abgesehen von den Hand-Hals-Gesten. Dabei handelt es sich um Gesten, die entstehen, wenn sich ein Mensch an den Hals fasst, wenn er eigentlich das Gesicht berühren möchte. Allerdings ist das Fassen an Mund und Nase eine Geste, die häufig negativ aufgefasst wird. Dabei geht es jedoch nicht um den kurzen Griff an besagte Körperstellen, um sich zu kratzen, sondern die Gesten, bei denen sich jemand in das Gesicht fassen möchte, während der Bewegung aber feststellt, dass diese Geste ihn verraten würde. Deshalb ändert er im letzten Augenblick die Richtung und greift zum Hals.

Die **Mund**gesten

Mundgestik ist ein Teil der Mimik. Doch auch der Blick auf den Mund allein gibt dem Gesprächspartner viel Aufschluss über die tatsächliche Haltung eines Menschen. Die wohl bekannteste Mundgeste, die auch weltweit überall richtig erkannt wird, ist das Lächeln. Wer erkennen möchte, ob das Lächeln des Gegenübers ehrlich gemeint ist, sollte dessen Mundpartie etwas näher in Augenschein nehmen. Dann lässt sich ein ehrlich gemeintes Lächeln ganz einfach erkennen. Wer sein Lächeln ernst meint, zieht in aller Regel auch die Wangen hoch und unter den Augen erscheinen kleine Fältchen und Hautverdickungen. Zudem werden die Augenbrauen gesenkt. Ist das Lächeln jedoch nur vorgetäuscht, zeigen sich keine Spuren des Lächelns im Bereich der

Augen. Wer ein falsches Lächeln im Gesicht trägt, bricht dieses auch oftmals ab oder lässt es stufenweise verschwinden.

Tunlichst zu vermeiden gilt es, einen Schmollmund zu ziehen. Denn wer einen Schmollmund aufsetzt, möchte dem anderen damit ein schlechtes Gewissen machen. Das mag in engen emotionalen Beziehungen vielleicht erfolgreich sein, wenn beide Partner insgeheim darum ringen, wer die Vorherrschaft in der Beziehung bekommt. Bei öffentlichen Anlässen sollte der Schmollmund aber ebenso tabu sein wie eine spielerisch herausgestreckte Zunge. Menschen, die während eines Gespräches nur einen Mundwinkel anheben, zeigen damit Arroganz und Zynismus oder wollen ein Gefühl der Überlegenheit erzeugen.

Die **Augen**gesten

Die Augen haben einen äußerst hohen Stellenwert für die Mimik des Menschen, weil sie sehr gut zu deuten sind. Das wichtigste Element der Augengestik ist natürlich der Blick, aber auch anhand der Augenlider und der Augenbrauen lässt sich viel über sein Gegenüber erfahren. Wer beispielsweise die Augenbrauen nach oben zieht, äußert damit seine Überraschung, während zusammengezogene Augenbrauen für Wut oder Ärger stehen. Und wer die Augenlider über einen längeren Zeitraum hinweg verschließt, hat sich sehr wahrscheinlich gerade erschreckt oder möchte die Augen vor der Realität verschließen.

Der Blick

Nicht umsonst gelten die Augen als der Spiegel der Seele. Denn keine Signale der Körpersprache lassen sich so leicht erkennen und sind so eindeutig wie die Augengesten. Geht jemand auf einen anderen Menschen mit einem offenen Blick zu, macht das schon einen positiven Eindruck, ohne dass auch nur ein Wort gefallen ist. Würdigt jemand einen anderen hingegen keines Blickes, so wirkt dies überheblich und arrogant. Wer andere Menschen von seinen Argumenten überzeugen möchte, muss ihnen also mit einem offenen Blick begegnen. Allerdings kommt es hier auf den Zeitraum des Blickkontakts an. Dauert dieser zu lange, gilt es eher als angriffslustig und bedrohlich.

Spricht jemand vor anderen Menschen, sollte er dabei versuchen, einen neugierigen Blick aufzusetzen. Denn dadurch signalisiert er, dass er neugierig darauf ist, wie der Zuhörer wohl reagieren wird. Diesem neugierigen Blick können sich die wenigsten Zuhörer entziehen und sie zeigen deutlich, was sie von dem, was sie gerade gehört haben, halten.

Anhand des Blickes lassen sich noch viele weitere Regungen deuten. Beispielsweise zeigen Menschen, die den Blickkontakt vermeiden, Anzeichen einer Ausweich- oder Fluchtreaktion. Empfinden sie eine Situation als gefährlich oder zumindest unangenehm, vermeiden sie den Blickkontakt, was aber auch als Anzeichen für ein nur schwach ausgeprägtes Selbstbewusstsein gilt.

Ebenso lässt sich an der Blickrichtung, die ein Mensch wählt, einiges ablesen. Senkt jemand außerhalb eines Gesprächs den Blick, macht er damit deutlich, dass er zumindest im Augenblick, kein Interesse hat. Senkt jemand den Blick während eines Gespräches, kann das ein Zeichen dafür sein, dass er sich nicht wohlfühlt – oder er vermeidet den Blickkontakt, weil er anderen Menschen nicht in die Augen schauen kann, während er lügt, weil er nicht ertappt werden möchte. Wer eine schräge Blickrichtung einschlägt, macht dies in den meisten Fällen ganz bewusst, weil er damit abschätzende Zurückhaltung ausdrücken möchte. Äußerst schwierig zu deuten ist es, wenn ein Mensch den Blick häufig auf den Boden richtet oder ständig in diese Richtung blickt oder wenn der Blick unruhig hin und her wandert. Dies kann einerseits ein Hinweis auf Unsicherheit, andererseits aber auch auf Ignoranz oder ganz bewusst eingesetzte Provokation sein.

Die **Bein**gesten

Im Stehen offenbaren die Beine die Haltung des Stehenden. Den tiefsten Einblick geben die Beingesten aber, wenn ein Mensch sitzt. Interessant sind diese Beingesten vor allem im Hinblick auf die Sitzposition des Menschen. Auch das hat einen einfachen Grund: Die Beine sind für einen sitzenden Menschen zunächst einmal ziemlich nutzlos, weil sie nichts zu tun haben. Sie strahlen stattdessen nonverbale Kommunikation aus.

Interesse bekunden

Interesse signalisiert der Sitzende etwa dadurch, dass er ein Bein unter das andere faltet, dabei weist das Knie in jene Richtung, auf die seine Aufmerksamkeit gerichtet ist. Bestehendes oder nicht vorhandenes Interesse lässt sich aber auch hervorragend an der Art des Lehnens erkennen. Wer sich lässig und scheinbar leger auf den Stuhl setzt und sich dabei weit zurücklehnt, zeigt damit, dass er kein sonderlich großes Interesse, am Gespräch, seinem Gesprächspartner oder dem Thema hat.

Wenn der Schritt sichtbar ist

Das Sitzen mit gespreizten Beinen, sodass der Schritt sichtbar wird, ist eine typisch männliche Sitzposition. Damit zeigen Männer, dass sie sich stark und dominant fühlen, weil sie in dieser Position viel Raum einnehmen. Zugleich demonstrieren sie damit auch ihre Männlichkeit und zeigen an, dass sie sexuell verfügbar sind.

Die übereinander gelegten Beine

Beim Sitzen die Beine übereinander zu legen, ist äußerst beliebt und zeigt sich in vielen Facetten. Auch hierbei gibt es geschlechtsspezifische Unterschiede: Während Frauen das enge Beinkreuz bevorzugen, positionieren sich Männer auch hier eher breitbeinig: Die übereinander gelegten Beine bilden die Form der Zahl 4. Üblicherweise liegt in dieser Sitzposition das dominante Bein oben. Zwar zeigt das Überkreuzen der Beine unter Umständen eine verschlossene Haltung an, das muss aber nicht der Fall sein. Denn diese Beingeste haben sich viele Menschen im Laufe ihres Lebens einfach antrainiert, weil es für sie die bequemste Position ist.

Gestreckte Beine

Vor allem Frauen nutzen sehr gern die Beingeste der gestreckten Beine. Sie haben dabei beim Sitzen ein Bein über das andere gelegt, wodurch die Muskeln gestreckt werden und die Beine lang und sexy wirken. Deshalb handelt es sich hierbei auch um eine sogenannte Flirt-Geste, mit der es den Frauen gelingt, Aufmerksamkeit zu erregen.

Wenn beide Füße auf dem Boden stehen

Die einfachste Sitzposition, die normalerweise auch eingenommen wird, besteht darin, beide Füße auf den Boden zu stellen. Hierbei handelt es sich um eine neutrale Beingeste, die aber dennoch kraftvoll wirkt. Der Sitzende hat einen stabilen Halt und ist auf etwas Bestimmtes fokussiert. Diese Position eignet sich also bestens bei formellen Gesprächen.

Wenn die Beine Spannung und Bereitschaft zum Handeln zeigen

Steht ein Mensch unter Spannung, äußert sich das in seiner Körpersprache auf vielerlei Art und Weise. Besonders deutlich wird die Spannung aber im Sitzen. Dies liegt daran, dass der Mensch in einer Ruheposition ist und sich negativen Gedanken widmen kann, die er unbewusst auch nach außen zeigt. Einige typische Beispiele sind:

Die Fußgelenke werden verschränkt und um die Beine des Stuhls gewickelt

Verschränkt ein Mensch seine Fußgelenke, sagt er damit aus, dass er sich selbst zügeln möchte. Diese Geste ist so ähnlich, wie sich selbst auf die Lippen zu beißen, um kein falsches Wort zu sagen. Durch diese Geste verbergen Menschen starke negative Emotionen wie Angst, Frustration oder Wut. Auch bei dieser Geste gibt es einen kleinen Unterschied zwischen Mann und Frau: Ein Mann verschränkt die Fußgelenke typischerweise unter dem Stuhl, während er seine Hände zu Fäusten ballt. Bei Frauen ist es hingegen üblich, dass sie beide Beine schließen und anschließend zur Seite drehen. Dabei legen sie die Hände auf die Knie oder an die Seite.

▸ Das Klammern

Bei dieser Geste kreuzen die Betreffenden ihre Beine und schließen die Hände um sie herum. Besonders oft ist diese Geste in öffentlichen Verkehrsmitteln zu sehen, wenn sich Fremde während der Fahrt gegenübersitzen.

▸ Das Zusammenhalten der Knie

Frauen zeigen diese Geste sehr oft, ohne dass dies einen besonderen Hintergrund hat. Sie haben sie einfach erlernt, weil sie Röcke tragen und sie Zeit ihres Lebens beibehalten. Männer zeigen diese Geste nur sehr selten, weil sie damit große Unsicherheit ausstrahlen.

▸ Das Bedecken des Schrittes mit der Hand

So wird die Geste bezeichnet, wenn die Beine eng zusammengehalten werden. Wer das macht, sagt damit auf der unterbewussten Ebene, dass er sich unsicher, schüchtern und klein fühlt. Diese Geste lässt sich bei Männern häufiger beobachten als bei Frauen.

Die Haltung

Die Art und Weise wie ein Mensch geht, steht und sitzt, lässt zahlreiche Rückschlüsse auf seinen Charakter, seine Einstellung und vor allem auf die Stimmung, in der er sich momentan befindet, zu. Zwar kann jeder versuchen, seine Körperhaltung zu beeinflussen, allerdings ist es kaum möglich, die Haltung langfristig und konsequent zu steuern. Denn zahlreiche äußere Einflüsse, wie etwa Stress, haben einen Einfluss darauf, welche Körperhaltung ein Mensch einnimmt. Die meisten Bewegungen des Körpers werden durch das Unterbewusstsein gesteuert. Um Einfluss darauf zu nehmen, muss ein jeder also in erster Linie authentisch bleiben, weil er sich schlicht und ergreifend dauerhaft und langfristig nicht verstellen kann.

Hinzu kommt, dass sich das Innere eines Menschen am besten in seiner Körperhaltung widerspiegelt. So tritt ein selbstbewusster Mensch völlig anders auf als jemand, der ängstlich oder unglücklich ist. Wer nun aber versucht, sich positiv wirkende Signale in seiner Haltung anzutrainieren, verliert damit ein Stück Authentizität und somit auch Glaubwürdigkeit. Besser ist es, herauszufinden, wo das persönliche Problem liegt, um diesem entgegen zu wirken. Dadurch ändert sich die Körperhaltung automatisch.

Kleidung und ihre Wirkung

Der Spruch „Kleider machen Leute" ist aktueller denn je, denn jeder Mensch sendet durch die Kleidung, die er trägt, auch unterbewusste Signale aus. Der Eindruck des Gegenübers entsteht sowohl durch die Farben als auch durch die Stoffe und den Kleidungsstil. Diese Wirkung der Kleidung lässt sich positiv nutzen. Generell kommt es natürlich darauf an, in welchem Umfeld man sich befindet. Dennoch kann man in jedem Lebensbereich durch entsprechende Kleidung seine Wirkung beeinflussen. Man kann nur aufgrund von der Kleidung kompetenter, sympathischer oder selbstsicherer wirken.

Kleidung und Körpersprache

Der Zusammenhang zwischen Kleidung und der Körpersprache kommt einem nicht unbedingt als Erstes in den Sinn. Allerdings verstärkt Kleidung den Eindruck, den man durch seine Körpersprache vermitteln möchte. Wer sich gut kleidet, wird sich auch besser fühlen und das durch seine Körpersprache zum Ausdruck bringen. Wer hingegen keinen Wert auf seine Klamotten legt, wird diesen auch nicht auf seine Körpersprache legen. Ein guter und ansprechender Kleidungsstil kann in jeder Lebenslage positive Dinge mit sich bringen.

Durch die passende Kleidung kann man seine Körpersprache verstärken und positiv beeinflussen. Somit kann auch das Auseinandersetzen mit Kleidung für eine verbesserte Körpersprache sorgen. Dementsprechend kann es durchaus einen Versuch wert sein, sich mit der Kleidungsthematik zu beschäftigen. Klamotten können mehr in uns verändern, als wir zunächst denken würden und ein neues Lebensgefühl, aber vor allem eine neue Außenwirkung mit sich bringen.

Der richtige Kleidungsstil

Bevor bei einem Gespräch oder in einem Meeting auch nur ein Wort gesagt ist, ist der erste Eindruck im Grunde schon entstanden. Denn jeder gibt mit der Wahl seiner Kleidung zugleich auch ein Statement zu sich selbst ab und weckt eine bestimmte Erwartungshaltung. Die Außenwirkung wird durch die Kleidung maßgeblich bestimmt. Dementsprechend sind Körpersprache und Kleidung ähnlich wichtig und Letzteres sollte ebenfalls kurz angesprochen werden.

Bei der Kleidung spielt es nicht nur eine Rolle, was man trägt, sondern auch, welche Farben man für sich gewählt hat. Deswegen beginnen wir mit einigen grundlegenden Kleidungsstilen und deren Wirkungen und anschließend tauchen wir kurz in die Welt der Farben ein. Generell passt man seinen Kleidungsstil an den jeweiligen Lebensbereich und die Situation an. So neigen die meisten Menschen dazu, sich im Privatleben locker und leger und im Arbeitsumfeld professioneller und schicker zu kleiden. Allerdings gibt es durchaus Abweichungen und unterschiedliche Auslegungen der Bekleidung in einem gewissen Kontext.

▸ Smart Casual

Beginnen wir mit dem sportlich-eleganten Stil. Dabei geht es um eine Mischung aus bequem und elegant. Es bietet einen Ausweg für diejenigen, die professionelle Kleidung ablehnen und dennoch elegant auftreten wollen. Außerdem kann man die Kleidung so in seinen Alltag und in jede Lebenslage integrieren. Um sich smart casual zu kleiden, kombiniert man eine Anzugshose mit einem lässigen, aber dennoch eleganten Pullover oder ein Hemd mit einer schicken, aber bequemen Hose. Außerdem kann eine klassische Jeans mit einem Blazer und einem Hemd oder einer Bluse kombiniert werden. Man ist gut gekleidet und für nahezu jede Situation gerüstet.

Professionell

Ein weiterer Stil, der im Arbeitsumfeld genutzt wird, ist der professionelle Stil. Damit ist der klassische Anzug oder das elegante Frauenkostüm gemeint. Oftmals wird dieser Stil vor allem von Leuten im Management oder anderen gehobenen Positionen gewählt. Andere Angestellte hingegen tragen diesen Stil eher selten, abgesehen davon, wenn ihre Branche das vorsieht. Auch wenn viele Menschen Anzüge und elegante Kleidung als lästig und unbequem ansehen, strahlen Menschen, die diesen Kleidungsstil wählen, Professionalität aus und werden als autoritär und kompetent wahrgenommen. Man verschafft sich Respekt und scheint sein Leben vollständig im Griff zu haben. Darüber hinaus gibt es durchaus Anzüge und Frauenkostüme, die gut aussehen und dennoch nicht unbequem sind.

Locker & Chillig

Nachdem der Arbeitsbereich abgedeckt wurde, kommen wir zum privaten Bereich. Je wohler wir uns fühlen, desto weniger achten wir darauf, was wir tragen. Somit haben wir weniger ein Problem damit, uns eine Jogginghose oder einen weiten Pulli bei einem Treffen anzuziehen. Wir suchen uns Klamotten aus, die entspannt zu tragen sind und dennoch dafür taugen, uns anderen Menschen zu zeigen. Es geht nicht darum, einen guten Eindruck zu machen oder auf eine bestimmte Art und Weise herüberzukommen, sondern dass wir uns wohlfühlen.

„Normal"

Kommen wir zu guter Letzt zu dem „normalen“ Kleidungsstil. In diesem Fall geht es um einen Kleidungsstil, der weder besonders auffällig ist, noch einem bestimmten Stil zugeordnet werden kann. Dementsprechend handelt es sich um einen Stil, der vor allem von Basics bestimmt wird. Das Tragen einer normalen Jeans mit einem Pullover kann dazu gezählt werden. Der Kleidungsstil sticht niemandem ins Auge, ist dafür aber leicht zusammenzustellen. Letztendlich erfüllt das Tragen von Kleidung bei der normalen Kleidung den Zweck, angezogen zu sein. Nicht mehr und nicht weniger. Man muss sich keine Gedanken machen, was man heute anziehen soll. Hauptsache, man sieht nicht zu entspannt und leger gekleidet aus.

Die Relevanz der Farben

Farben sehen die meisten Menschen als weniger relevant an. Man greift eben darauf zurück, was einen am meisten anspricht. Dabei werden primär gedeckte und unscheinbare Farben wie blau, grau und schwarz gewählt. Allerdings kann die richtige Farbwahl einen großen Unterschied ausmachen.

Man sollte sich somit informieren und austesten, welche Farben einem am besten stehen. Es gibt Farben, die nichts für einen tun und Farben, die einen unterstützen und das Beste aus einem und vor allem aus seinem Auftreten herausholen.

Farben, die man nicht wählen sollte, sind zum Beispiel Rot, da Männer so schnell aggressiv und Frauen verrucht wirken, da die Farbe sexuell behaftet ist. Allerdings ist hier der genaue Farbton entscheidend. Außerdem wirkt Braun auf Gegenüberstehende langweilig und Pink zeugt von mangelnder Ernsthaftigkeit, Seriosität und Intelligenz. Generell wirken grelle Farben unprofessionell und deplatziert, da der Eindruck aufkommt, dass sie als Ablenkung dienen sollen.

Dementsprechend sind klassische Farben wie blau, schwarz, grau und weiß sicher, da man im Normalfall nichts damit falsch machen kann. Allerdings können andere Farben durchaus vorteilhaft sein und dafür sorgen, dass man aus der Masse hervorsticht und einen bestimmten Effekt erzielt. Allerdings sollten die Farben nicht zu intensiv sein, sondern eher dunkler. Die Farbauswahl heutzutage ist vielfältig, sodass entsprechende Kleidung leicht zu finden sein müsste.

Um die generelle Farbenlehre soll es nicht gehen, allerdings folgt eine kurze Einführung. Alle Farben beginnen mit den Primär- oder auch Grundfarben blau, rot und gelb. Aus diesen Farben werden die Sekundärfarben gemischt. So wird aus blau und rot lila, aus rot und gelb orange und aus blau und gelb grün. Alle weiteren Farben mischen sich aus einer Primär- und einer Sekundärfarbe. Allerdings bleibt es nicht bei den Farben, die aus den Mischungen entstehen. Durch die Zugabe von Farben wie Schwarz oder Weiß entstehen verschiedene Nuancen. Anhand dieser kurzen Einführung wird bereits deutlich, wie weit das Feld der Farbwahl ist.

Grundlegend gilt, dass Komplementärfarben die jeweils andere Farbe betonen können. Die Komplementärfarben lauten: orange und blau, grün und rot und lila und gelb. Das liegt daran, dass sie sich auf dem Farbkreis gegenüber liegen. Wenn man zum Beispiel blaue Augen hat, kann somit ein schönes Orange die Augenfarbe hervorheben. Allerdings kann auch die gleiche Farbe in einer anderen Nuance den Effekt verstärken. So kann ein blauer Pullover das Blau der Augen nur noch hervorstechender machen. Allerdings kommt das auch immer auf weitere Faktoren an. Denn auch der Teint und die Haarfarbe haben einen Einfluss darauf, welche Farbwahl schmeichelt und welche keine Vorteile mit sich bringt.

So viel sei an dieser Stelle zu dem Thema Farbe der Kleidung gesagt. Die optimalen Farben für deine Klamotten kannst du mithilfe eines Farbcoachings herausfinden, bei dem dir ein Experte alles Wichtige erklärt oder durch Ausprobieren für dich selbst herausfinden. Das hängt immer mit deiner Zeit und deiner Affinität für Kleidung zusammen. Letztendlich ist aber auch hier wichtig zu betonen, dass die tollsten Klamotten in den tollsten Farben nichts bringen, wenn du dich darin nicht wohlfühlst und es nicht authentisch rüberkommt.

Zusammenfassend sollte jeder das tragen, worin er sich wohlfühlt und was ihn authentisch wirken lässt. Dennoch kann es nicht schaden, sich etwas mehr mit Kleidung auseinanderzusetzen, wenn man zukünftig auch dadurch einen gewissen Eindruck bei anderen Menschen hinterlassen möchte. Selbst Klamotten, die man bisher abgelehnt hat, können bei genauerer Betrachtung besser sein als gedacht.

Das Wichtigste in Kürze

- ✓ Ergänzende Einflussfaktoren der Körpersprache sind der Blick und der Abstand.
- ✓ Der Blick dient als Verbindung zwischen Gesprächspartnern und zeigt Aufmerksamkeit und Interesse. Um den Blickkontakt zu halten, ist es am einfachsten, sich auf das Gesagte zu fokussieren.
- ✓ Der Abstand entscheidet darüber, ob man als distanziert oder distanzlos gesehen wird. Da nicht alle Menschen das gleiche Maß an Nähe und Distanz haben, muss man bei jedem Menschen neu bewerten, welches Maß an Nähe und Distanz angemessen ist.
- ✓ Es werden verschiedene Distanzzonen unterschieden: Die öffentliche, soziale, persönliche und intime Distanzzone, in denen immer mehr Nähe zugelassen und als angemessen gesehen wird.
- ✓ Jeder Mensch beherrscht in etwa 5.000 verschiedene Gesten. Dabei unterscheidet man zwischen Emblemen, den konventionellen Gesten, Illustratoren, Gesten während des Sprechens, affektiven Gesten, die Empfindungen durch Gesichtsregungen ausdrücken, Regulatoren, mit denen man jemanden zu etwas auffordert oder aufgefordert wird und Adaptoren, den unbewussten Gesten.
- ✓ Gesten können in Handgesten, Hand-Hals-Gesten, Mundgesten, Augengesten, Beingesten und die Haltung eingeteilt werden.
- ✓ Auch die Kleidung ist für die Körpersprache relevant, da sie ebenfalls über den ersten Eindruck und die generelle Außenwirkung bestimmt. Zudem kann die Kleidung die Körpersprache verstärken und generell beeinflussen.

- ✓ Im Arbeitsalltag sind die Kleidungsstile professionell und smart casual relevant, im Privatleben locker & chillig und „normal“.

- ✓ Farben haben einen Einfluss auf die Wahrnehmung unseres Gegenübers. Entweder erzielt man keine Wirkung oder unterstützt diese, aber die Farbwahl kann auch negative Auswirkungen haben und etwas aussagen, was nicht beabsichtigt war.

- ✓ Welche Farben gut aussehen und unterstützend wirken, hängt von dem Teint, der Haar- und Augenfarbe, aber auch der jeweiligen Situation ab. Um die besten Farben zu kennen, muss man entweder viel testen oder kann je nachdem wie viel Zeit man hat, ein Farbcoaching in Anspruch nehmen.

- ✓ Am wichtigsten ist dabei jedoch, dass man authentisch ist und sich in der Kleidung, die man trägt, wohlfühlt.

Kapitel 3: Einflussfaktoren auf unsere Körpersprache

Die meisten Menschen achten nur in bestimmten Fällen darauf, wie ihre Körpersprache auf andere Menschen wirken kann. Allerdings spielt nicht nur die Außenwirkung eine Rolle, sondern auch der Einfluss auf uns selbst. Unsere Körpersprache ist unter anderem entscheidend dafür, wie wir uns fühlen und ob eine Emotion positiv verbessert oder negativ verstärkt werden kann. Dementsprechend soll es in diesem Kapitel darum gehen, inwiefern unsere Körpersprache uns beeinflusst und gewisse Einflussfaktoren unsere Körpersprache beeinflussen.

Die Wechselwirkung unserer Körpersprache

Unsere Körpersprache beeinflusst uns in vielen Facetten, sodass viele Zusammenhänge bestehen. Allerdings gibt es durchaus auch eine Wechselwirkung, sodass es Einflussfaktoren gibt, die sich auf unsere Körpersprache auswirken. Dieser Aspekt soll im Folgenden genauer unter die Lupe genommen werden.

Einfluss auf unsere Emotionen

Unsere Emotionen und unsere Körpersprache sind eng miteinander verbunden, was vor allem anhand der affektiven Gesten deutlich wird, da diese getätigt werden, ohne einen Einfluss darauf nehmen zu können. Wenn ein Mensch niedergeschlagen oder sogar depressiv ist, dann spiegelt sich das auch in seiner Körpersprache wider:

Die Mimik ist ausdruckslos, die Bewegungen sind schwerfällig, das Sprechtempo ist langsam und es wird meist leise und monoton gesprochen. Zudem wird der Blickkontakt vermieden und eher auf den Boden gerichtet.

Aber auch andersherum funktionieren diese beiden Faktoren zusammen, sodass die Körpersprache unsere Emotionen beeinflussen kann.

Das wird vor allem dann deutlich, wenn man sich das Phänomen des Power Posings anschaut. Bei diesem Phänomen geht es grob darum, dass man durch das Einnehmen einer Siegerpose sich auch entsprechend fühlt. Im weiteren Verlauf wird das Power Posing näher betrachtet.

Urteilsvermögen

Die Körpersprache eines Menschen beeinflusst auch sein Urteilsvermögen. Wenn wir die Körpersprache unseres Gegenübers wahrnehmen, vermittelt sie uns bestimmte Dinge, woraufhin wir uns ein Urteil bilden. Genau so ist es andersherum: Wenn wir eine gewisse Körperhaltung annehmen, kann es durchaus sein, dass wir andere Urteile und Entscheidungen fällen. Wer durch seine Körpersprache selbstbewusst auftritt, der wird selbstbewusstere und entschlossenere Entscheidungen treffen als derjenige, der schüchtern ist, dies bereits durch seine Körpersprache nach Außen hin ausstrahlt und Entscheidungen trifft, die jedem gerecht werden sollen, der eigenen Meinung an sich aber nicht entsprechen.

Unsere Wahrnehmung

Der zuvor genannte Aspekt bildet die Basis dieses Punktes. Wenn wir eine aufrechte und selbstbewusste Körperhaltung einnehmen, nehmen wir uns, aber auch unsere Umgebung direkt anders wahr. Denn je nachdem, wie man sich fühlt, sieht man auch andere Dinge, da andere Dinge als relevant eingestuft werden. Dementsprechend kann für unser Selbstwertgefühl und unsere Selbstwahrnehmung grundlegend entscheidend sein, welche Körperhaltung wir einnehmen.

Unser Wohlbefinden

Menschen, die sich rundum wohlfühlen, strahlen dies auch nach außen hin aus. Sie wirken auf andere Menschen selbstbewusst – und selbstbewussten Menschen sagt man nach, dass sie sich rundum wohlfühlen. Man sieht also deutlich, dass beides sich gegenseitig bedingt. Empfindet man starke Emotionen, kann man es nicht vermeiden, dass sich das in der Körpersprache widerspiegelt. So laufen frisch verliebte Menschen oftmals mit einem breiten Lächeln umher und es scheint, als könnte sie nichts und niemand erschüttern. Aber auch negative Emotionen lassen sich nicht unterdrücken, sodass die Mundwinkel eher nach unten gezogen und die Schultern gesenkt sind.

Allerdings ist es durchaus möglich, seine Emotionen zu überspielen und ihnen nicht durch die Körpersprache Ausdruck zu verleihen. Diese Fähigkeit eignen sich vor allem oftmals Menschen an, die in der Öffentlichkeit stehen. Aufgrund der Tatsache, dass die Aufmerksamkeit der Öffentlichkeit stets auf ihnen liegt, ist ihnen daran gelegen, dass nicht alle emotionalen Regungen für jeden sichtbar sind. Dementsprechend trainieren sie sich gezielt an, positive Signale zu jeder Zeit ausdrücken zu können, um so ihr Seelenleben nicht zu offenbaren.

Phänomen Power Posing

Vor einigen Jahren kam immer häufiger der Begriff des Power Posings auf und welchen Effekt diese Körperhaltung auf unser ganzes Sein hat. Immer häufiger hörte man dann, dass wer erfolgreich durch sein Leben gehen möchte, Power Posing verinnerlichen solle.

Wie kam es dazu?

Der Begriff des Power Posings, der grundlegend das Einnehmen einer Machtpose meint, stammt aus den nonverbalen Forschungen der Wissenschaftler Amy Cuddy, Dana Carney und Andy Yap. Durch die Power Posen wird der Testosteronspiegel erhöht und der Cortisolspiegel gesenkt, sodass man sich mächtiger und risikofreudiger durch das sinken des Stresslevels fühlt. Allerdings ist die Wirkung des Power Posings nicht von weiteren Forschungen bestätigt worden, sodass die Replikation bisher nicht gegeben ist.

Welche Vorteile soll Power Posing bieten?

Durch das Einnehmen einer Power Pose entsteht das Gefühl, machtvoller und risikofreudiger zu sein, sodass man dies nach Außen ausstrahlt und es sich auf das ganze Sein ausweitet. Dementsprechend geht man in jede Situation, in der man zuvor eine solche Pose eingenommen hat, selbstbewusster und nahezu unbesiegbar hinein. Somit steigt die Wahrscheinlichkeit, erfolgreich aus einer Situation hervorzugehen. So kann das Ansprechen einer Frau oder eines Mannes leichter fallen oder auch eine Gehaltsverhandlung zu deinen Gunsten entschieden werden. Letztendlich soll dir Power Posing dabei helfen, dich besser zu fühlen – und das auf eine recht unkomplizierte Art und Weise.

Wie funktioniert Power Posing?

Im klassischen Sinne nimmt man beim Power Posing eine offene und breite Haltung ein, bevor man in eine stressige Situation geht. Aber auch der Selbstbewusstseinspush kann der Grund für das Einnehmen einer Power Pose vor solch einer Situation sein. Beispiele dafür sind das Verschränken der Arme hinter dem Kopf oder das Stemmen der Hände in die Hüften.

Die entsprechende Haltung, die einem am meisten zusagt, nimmt man für einige Minuten ein, bis der Effekt eintritt. Somit bleibt man so lange in der Pose, bis man sich machtvoller und weniger gestresst fühlt. Anschließend stellt man sich der Situation, nimmt dabei das verinnerlichte Gefühl mit und bringt es dort zum Ausdruck.

Welche Power Posen gibt es?

Im vorherigen Teil wurden bereits zwei Power Posen genannt, allerdings soll es hier noch mal konkret darum gehen, welche Power Posen es gibt und welchen Einfluss sie haben.

Die Hände in die Hüften stemmen

Wer die Hände in die Hüften stemmt, ist im klassischen Sinn sauer auf sein Gegenüber und bringt seinen Ärger durch das Einnehmen dieser Haltung zum Ausdruck. Allerdings wird diese Haltung auch gerne genutzt, um Comic Superhelden stark und selbstbewusst wirken zu lassen. Man wirkt dadurch stärker und respekteinflößender. Wenn man diese Pose einnimmt, kann man sich auch vorstellen, dass man ein furchtloser Superheld ist und so den Effekt noch mal verstärken.

Die Arme hinter dem Kopf verschränken

Wer die Arme hinter dem Kopf verschränkt, wird als überheblich und arrogant gesehen. Die Pose drückt Überlegenheit aus. Das bedeutet zwar, dass man diese Position normalerweise nicht einnehmen sollte, aber als Power Pose ist sie durchaus geeignet. Wenn man somit Selbstbewusstsein tanken möchte und sich überlegener fühlen möchte als man sich tatsächlich fühlt, sollte man bewusst diese Pose einnehmen und den Effekt nachspüren.

Der breitbeinige Stand

Sich einfach breitbeinig hinzustellen, stellt bereits eine Power Pose dar. Es ist die einfachste Pose, die dennoch einen großen Effekt hat. Denn auch der breitbeinige Stand zeugt von Stärke und einer gewissen Überlegenheit. Diese ist oftmals als männlich und unter Umständen auch bedrohlich angesehen, jedoch kann sie als Power Pose dafür sorgen, dass man sich besser fühlt und allein die Veränderung des Stands kann einen großen Unterschied darin machen, wie man sich fühlt und selbst wahrnimmt.

Die Stärkepose

Wer seine Armmuskeln spielen lässt, wirkt ebenfalls häufig überheblich und angeberisch. Die Pose besteht darin, beide Arme seitlich vom Körper im 90 ° Winkel auszustrecken. Anschließend kann man seine Muskeln anspannen, muss es aber nicht tun. Die Pose allein zeugt von Stärke, die sich anschließend auf das Innere überträgt, sodass man gestärkt in jede Situation gehen kann.

Die Siegerpose

Mit der Siegerpose ist gemeint, wenn man sich breitbeinig hinstellt und die Arme ausgestreckt in V-Form in die Luft streckt. Es wird als Zeichen des Sieges verstanden und man wirkt von sich überzeugt. Dementsprechend kann auch diese Power Pose einfach dafür genutzt werden, gestärkt einer Situation entgegenzutreten.

Die Alternative zu Power Posen

Power Posing ist nicht für jeden etwas und auch wenn man sich machtvoller und stressfreier fühlt, ist dieser Effekt nicht bei jedem Menschen gleich. Deswegen folgen an dieser Stelle Alternativen zum Power Posing, durch die du dich ebenfalls gestärkter und gelassener fühlst.

Gut zureden

Klingt im ersten Moment für einige sicherlich lächerlich, aber wenn man sich vor einen Spiegel stellt und sich gut zuredet, indem man sich daran erinnert, dass man gut vorbereitet und kompetent genug ist, die bevorstehende Situation zu meistern, dann wird man das durchaus verinnerlichen und sich ruhiger der Sache stellen. Man spricht sich selber Mut zu und macht sich bewusst, dass man stark ist und alles schaffen kann.

Lächeln

Es klingt einfach, ist aber dennoch sehr machtvoll: Wenn du dich vor einen Spiegel stellst und dich anlächelst, wirst du dir im ersten Moment komisch vorkommen, aber mit der Zeit wirst du sehen, dass sich so tatsächlich eine positive Veränderung in dir breitmachen wird. Helfen kann dabei das Klemmen eines Stiftes zwischen deine Zähne, während du lächelst. Anschließend besteht die Aufgabe darin, den Stift 30 Sekunden lächelnd an der Stelle zu lassen, ohne den Stift mit der Zunge oder den Lippen zu berühren.

Mache etwas, in dem du gut bist

Wenn wir eine Fähigkeit sicher beherrschen, gibt uns das jedes Mal, während wir sie ausführen, Selbstbewusstsein. Wir fühlen uns darin bestätigt, fähig zu sein. Dieses Gefühl können wir dann mitnehmen, um uns der stressenden Situation zu stellen. Falls das Ausführen der Tätigkeit nicht vor Ort umsetzbar ist, dann kann bereits das Besinnen auf seine Fähigkeiten ausreichen, damit wir uns kompetenter und stärker fühlen.

Kalt duschen

Die meisten Menschen nehmen eine Dusche, bevor sie zur Arbeit fahren und ihren Alltag beginnen. Manche nehmen sich dafür mehr Zeit, andere weniger. Wenn man die morgendliche Dusche nicht in seiner komfortablen Temperatur verrichtet, sondern eine kalte Dusche nimmt, wird diese für mehr Selbstvertrauen sorgen. Das Einstellen der kalten Temperatur allein braucht einiges an Überwindung. Zudem hat das kalte Duschen einige positive Effekte. Durch das kalte Duschen fühlt man sich stark, unabhängig, unbesiegbar und entwickelt ein enormes Vertrauen in sich selbst.

Atemübungen

Auch Atemübungen sind nicht für jeden etwas, allerdings können sie jedem dabei helfen, sich zu entspannen – man muss sich nur darauf einlassen. Die einfachste Atemübung ist die tiefe Bauchatmung. Dafür muss man sich auf den Rücken legen oder sich mit geradem Rücken hinsetzen. Anschließend schließt man die Augen und legt die Hände auf den Bauch, sodass sie sich mit den Fingerspitzen berühren. Dann atmet man tief ein, bis die Luft in den Bauchraum gelangt und die Finger sich leicht voneinander entfernen. Das Wichtigste ist, dass du dich auf deine Atmung und den Weg der Luft durch deinen Körper konzentrierst und ihn nachspürst.

Progressive Muskelentspannung

Dabei geht man jeden Muskel einmal durch, spannt ihn an, um ihn anschließend wieder zu entspannen. Man beginnt mit seiner starken

Hand und geht dann einmal von dort aus über den Arm, den Nacken, den Rücken bis hin zu den Füßen. Die Konzentration wird bei dieser Übung auf die Empfindungen während des Anspannens und Entspannens gelegt. Man achtet also auf die Muskelbewegung an sich. Dabei kann man während des Einatmens die Muskeln anspannen und während des Ausatmens die Muskeln wieder entspannen.

Yoga oder Meditation

Yoga und Meditation werden von vielen Menschen belächelt. Allerdings helfen beide dabei, Stress zu reduzieren und gelassener in Situationen hineinzugehen. Wer geübt ist, kann mithilfe kleiner Übungen vor jeder Stresssituation runterkommen. Beim Yoga wird dabei zwischen zwei grundlegenden Arten unterschieden: Dem Yoga, das darauf abzielt, konzentrierter zu werden und mental runterzukommen und dem Yoga, das auf körperliche Anstrengungen abzielt und somit einen physischen Ausgleich bietet. Beides kann Stress abbauen und bereits kleinste Übungen können einen großen Effekt erzielen.

Meditation reduziert Stress, sorgt für eine erhöhte Konzentration und führt zu einem generell verbesserten Wohlbefinden. Allerdings ist dieser Effekt der Meditation nur ein kleiner Teil des vollen Potenzials, das Meditation bietet. Bei der Meditation geht es darum, einen Zustand zu erreichen, in dem das Chaos keinen Platz hat und bei dem das Ziel darin besteht, die volle Aufmerksamkeit und Energie auf eine Sache zu fokussieren und dort zu halten.

Autogenes Training

Beim autogenen Training handelt es sich um eine Entspannungsform, die mit Hypnose in Zusammenhang steht. Es geht darum, Redewendungen zu nutzen, die eine Hypnose bewirken, da das Unterbewusstsein beeinflusst wird. Nachdem die richtige Position eingenommen wurde – dabei kann das autogene Training sowohl im Liegen als auch im Sitzen durchgeführt werden – wird zuerst das vegetative Nervensystem und anschließend die Organe mithilfe von Übungen aktiviert. Am Ende kommt die Rücknahme, durch die das autogene Training beendet wird.

Das Wichtigste in Kürze

- ✓ Die Körpersprache steht in einer Wechselwirkung zu verschiedenen inneren Prozessen. Somit wirkt sich die Körpersprache auf die Emotionen, das Urteilsvermögen, die Wahrnehmung und Entscheidungen aus – und umgekehrt.
- ✓ Unsere Emotionen beeinflussen unsere Körpersprache und unsere Körpersprache beeinflusst unsere Emotionen. So kann es zu einer Verschlechterung oder einer Verbesserung durch die Wechselwirkung der beiden Aspekte kommen.
- ✓ Inwiefern wir andere wahrnehmen, ist von unserer Körpersprache abhängig. Nehmen wir eine positive Körpersprache ein, werden wir andere Leute anders wahrnehmen.
- ✓ Unser Wohlbefinden hängt mit unserer Körpersprache zusammen, sodass eine positive Körpersprache zu einer Steigerung des Wohlbefindens führen kann.
- ✓ Personen des öffentlichen Lebens trainieren sich oft an, die Einflüsse zu unterdrücken, um ihr Seelenleben nicht zu offenbaren.
- ✓ Power Posing soll zur Erhöhung des Testosteronspiegels und zur Senkung des Cortisolspiegels führen, sodass man sich anschließend mächtiger, weniger gestresst und risikofreudiger fühlt.
- ✓ Man nimmt eine Power Pose ein und die ausgelösten Gefühle übertragen sich auf das vollständige Sein.
- ✓ Klassische Power Posen sind: in die Hüften gestemmte Hände, hinter dem Kopf verschränkte Arme, der breitbeinige Stand, die Stärkepose und die Siegerpose.
- ✓ Alternativen sind unter anderem: Atemübungen, kalte Duschen, progressive Muskelentspannung oder autogenes Training.

Kapitel 4: Körpersprache in verschiedenen Lebensbereichen

Man kann seine Körpersprache an verschiedene Lebensbereiche anpassen. So kann jemand, der an sich eher zurückhaltend ist, am Arbeitsplatz eine dominante Rolle haben. In manchen Lebensbereichen kann die Körpersprache einen wichtigen Unterschied machen, in anderen muss man nur bedingt darauf achten.

Körpersprache im Arbeitsumfeld

Vor allem im Arbeitsumfeld ist die Körpersprache entscheidend. Sie entscheidet stark, wie du wahrgenommen wirst und wie deine Vorgesetzten und Kollegen dich wahrnehmen. Davon abgesehen kann die Körpersprache auch relevant sein, wenn es darum geht, die Karriereleiter emporzuklettern und berufliche Ziele zu erreichen. Die Körpersprache gibt dir Selbstvertrauen und Souveränität, was gerade am Arbeitsplatz wichtig ist. Deswegen ist es wichtig, ein besonderes Augenmerk auf die Sprache deines Körpers zu legen. Das ist vor allem dann wichtig, wenn man viel mit Kollegen oder Kunden zu tun hat und mit ihnen kommuniziert.

Grundlegend sind in Gesprächen Dinge wie verschränkte Arme oder ein umherschweifender Blickkontakt zu vermeiden. Außerdem solltest du ein gewisses Maß an Körperspannung haben. Jedoch ist es dabei wichtig, darauf achten, nicht verspannt zu sein, weil du nur durch eine gelassene Körperspannung Präsenz ausstrahlst und ruhig auf dein Gegenüber wirkst.

Siehst du dich mit einer schwierigen Situation konfrontiert, solltest du verstärkt auf deine Körperhaltung achten. Hast du einen Konflikt mit einem Kollegen oder deinem Vorgesetzten, achte auf eine deinem Gegenüber zugewandte Körperhaltung und greife auf offene Gesten zurück. So signalisierst du – die Situation betreffend – Offenheit und Aufgeschlossenheit.

Dementsprechend solltest du daran arbeiten, dir deiner Körpersprache und darüber, wie sie bei deinem Gegenüber ankommen und wirken könnte, bewusst zu sein. Dafür kann es sinnvoll sein, sich vermehrt im Spiegel anzuschauen und davor zu üben oder auch sich selber aufzunehmen und sich die Aufnahmen anschließend anzuschauen. Nur so können wir in Erfahrung bringen, wie wir tatsächlich gestikulieren und es letztendlich positiv verbessern.

Allerdings sollte beim Üben darauf geachtet werden, es nicht zu übertreiben. Denn alles, was zu sehr einstudiert aussieht, kommt auch so bei dem Gegenüber an und verfehlt seine Wirkung vollkommen. So kann es passieren, dass komplett inkongruente Botschaften dabei rauskommen und jede Person, mit der interagiert wird, nur verwirrt wird.

Schlussendlich gilt das allgemeine Motto in Bezug auf die Körpersprache im Arbeitsumfeld: Wer überzeugen möchte, sollte eine positive Einstellung zu sich selbst und dem jeweiligen Thema mitbringen. Denn allein dadurch wirst du deine Körpersprache entsprechend beeinflussen und positive Erfolge bei deinen Kollegen und Vorgesetzten erzielen.

Mehr Präsenz am Arbeitsplatz

Mehr Präsenz im Arbeitsumfeld zu haben, ist leichter gesagt als getan. Das liegt vor allem daran, dass die meisten Menschen keine Ahnung haben, wie sie dieses Mehr an Präsenz erreichen sollen. Schließlich kann man davon ausgehen, dass manche Menschen einfach extrovertiert sind und diese Präsenz haben und die introvertierten Menschen einfach Pech gehabt haben und sich mit ihrer Rolle zufrieden geben müssen. Manche Menschen werden sich womöglich fragen, ob sie überhaupt dazu in der Lage sind, mehr Präsenz zu lernen. Generell lässt sich sagen, dass es jeder lernen kann, der den Willen dazu hat.

Bill Gates, Stephen Spielberg und auch Angela Merkel haben erfolgreich vorgemacht, dass es auch introvertierten Menschen gelingen kann, Karriere zu machen. Die meisten Menschen kennen ihre Namen

– und dass, obwohl sie an sich zurückhaltende Charaktere sind. Da es introvertierten Menschen schwerfällt, sich von der Masse abzuheben, werden die Leistungen introvertierter Menschen oft unterschätzt oder sogar übersehen. Aufgrund der Tatsache, dass introvertierte Menschen ihre Kraft aus sich selbst ziehen, brauchen sie weniger Anerkennung und Aufmerksamkeit von außen. Dementsprechend stehen sie im Arbeitsleben nicht selten im Schatten. Sie erfahren kaum Anerkennung für ihre Arbeit und werden auch gern übersehen, wenn eine Beförderung ansteht. Allerdings gibt es auch für introvertierte Menschen die Möglichkeit, andere Menschen von sich zu überzeugen – und das auf ihre individuelle Art und Weise.

✓ Zu sich selbst stehen

Introvertierte Menschen gehen oft davon aus, dass sie extrovertiert agieren müssten, um Anerkennung zu erfahren und um das zu erreichen, was sie erreichen möchten. Sie sind somit der Meinung, dass mit ihrem aktuellen Verhalten viele Dinge unerreichbar sind. Tatsächlich sind aber mehr Menschen introvertiert als man zunächst denkt. Zudem gibt es viele Menschen, die situationsbedingt in die eine oder andere Richtung tendieren. Deshalb solltest du deine Introvertiertheit nicht länger als Schwäche sehen, da diese Annahme schlicht und ergreifend nicht der Wahrheit entspricht. Stattdessen solltest du sie als Persönlichkeitsmerkmal akzeptieren. Denn erst dann bist du dazu in der Lage, aus diesem Merkmal deine Vorteile zu ziehen und sie für dich zu nutzen.

✓ Lege den Perfektionismus ab

Introvertierten Menschen wird oft nachgesagt, dass sie einen Hang zum Perfektionismus hätten. Die Gründe dafür können unterschiedlich sein – so kann es vorkommen, dass dadurch das Gefühl der mangelnden Anerkennung wegen der Introvertiertheit ausgeglichen werden soll. Allerdings hat diese Eigenschaft zur Folge, dass viele Dinge zu viel Zeit in Anspruch nehmen oder niemals fertig werden. Denn wenn du genau hinschaust, wirst du bei jedem Projekt kleine Mängel finden und ständig etwas verändern. Statt dich mit kleinen Details aufzuhalten, solltest du unperfekt starten und kannst dann immer noch perfektionieren. Davon einmal abgesehen werden die meisten Menschen die Mängel, die dir selbst auffallen, überhaupt nicht registrieren.

✓ Mache jeden Ort zu deinem Wohlfühlort

Es wird in deinem Arbeitsalltag sicherlich Orte und Situationen geben, die du am liebsten meiden würdest. Allerdings lässt sich das im Arbeitsumfeld in der Regel nicht vermeiden, insofern man seinen Job behalten möchte oder in einer entsprechenden Position arbeitet. Um dich an jedem Ort wohlzufühlen, kann es helfen, dass man sich vorstellt und sich auch so verhält, als würde einem alles gehören. Das klingt im ersten Moment komisch und man sollte es sicherlich nicht übertreiben, aber davon abgesehen wird es hilfreich sein, um eine selbstbewusstere Ausstrahlung zu bekommen und sich wohlzufühlen. Befindet man sich in Situationen, die zu Unwohlsein führen, sollte man sich einfach seiner Stärken und Absichten bewusst sein und die Situation wird deutlich angenehmer werden.

✓ Jeder Mensch hat Schwächen

Ein wichtiger Gedanke, den man sich immer wieder ins Gedächtnis rufen sollte, ist, dass jeder Mensch Schwächen hat. Auch wenn ein Mensch noch so perfekt wirkt und extrovertiert auftritt, wird auch diese Person Schwächen haben, um die sich viele Gedanken drehen. Dementsprechend solltest du damit aufhören, dich ständig auf das Negative zu fokussieren und stattdessen positiv denken. Dadurch ändert sich dein Blick auf dich selbst, was wiederum deine Körpersprache positiv beeinflussen wird.

✓ Nimm deine Stärken wahr

Gute Leistungen sind uns meistens zugeflogen und schlechte Leistungen beziehen wir auf uns und unsere Unzulänglichkeiten. Das hängt damit zusammen, dass es vor allem introvertierten Menschen oft schwerfällt, gute Leistungen auf ihre Fähigkeiten zu beziehen. Durch den Mangel an Anerkennung werden gute Leistungen als Zufall gesehen. Allerdings ist dieses Denken kontraproduktiv – man macht sich permanent fertig und hält sich so selbst klein. Dementsprechend solltest du nichts mehr dem Zufall zuschreiben, sondern auf deine Stärken zurückführen. Achte gezielt darauf, was du zu deinen Stärken zählen kannst. Akzeptiere sie und sei stolz auf das, was du leisten kannst.

✓ Nutze deine Stärken

Sobald du dir deiner Stärken bewusst bist, gibt dir das automatisch mehr Selbstvertrauen. Du wirst wissen, was du kannst und dadurch in der Lage sein, für dich einzustehen, wenn es gefordert ist. Wenn du deine Stärken kennst, kannst du sie gekonnt einsetzen und für dich nutzen.

✓ Werde sichtbar

Wie in einem vorherigen Punkt genannt, verlangt niemand von dir, dass du dein Persönlichkeitsmerkmal vollständig veränderst und auf einmal eine extrovertierte Person wirst, zumal das nur in den wenigsten Fällen langfristig erfolgreich klappen wird. Stattdessen kannst du nach Möglichkeiten suchen, deine Ideen und Anregungen einzubringen und zu zeigen, was du kannst und worin deine Stärken legen. Dies gelingt, indem du beispielsweise vor einem Meeting mit einem Vorgesetzten darüber sprichst oder dich in einem kleinen Rahmen traust, das Wort zu erheben.

Rhetorik und Körpersprache

Vor anderen Menschen zu reden oder Präsentationen zu halten, gehört für viele Menschen zum Alltag. Damit auch in dieser Situation das Gesagte überzeugt oder die Präsentation begeistert, kommt es nicht nur auf den Informationsgehalt an, sondern in hohem Maß auch auf die Stimme und die Körpersprache des Redners. Folgende Aspekte sind dabei wichtig:

Die Glaubwürdigkeit

Ein Redner wirkt dann glaubwürdig, wenn das Gesagte mit dem übereinstimmt, was er macht. Wer zum Beispiel sagt, dass ihn die Meinung der Zuhörer brennend interessiere, er dabei aber die Arme vor der Brust verschränkt und vielleicht sogar noch eine Augenbraue hochzieht, wirkt unglaubwürdig. Dementsprechend solltest du deine Körpersprache üben, wenn du das Gesagte zusätzlich verstärken und unterstreichen möchtest. Zudem kannst du so üben, dass du keine inkongruenten Botschaften aussendest. Wenn du dazu in der Lage bist, deine Körpersprache unterstützend zu nutzen, bekommst du automatisch mehr Präsenz und Überzeugungskraft.

Natürliche Bewegungen

Trotz aller Übung solltest du darauf achten, die Gestik im Vorfeld nicht einzustudieren. So wirkst du schnell künstlich und dein Eindruck wird allein durch deine Bewegungen negativ behaftet sein. Das Üben im Voraus sollte mehr das Ziel verfolgen, die unterstützende Körpersprache zu verinnerlichen, sodass sie am Ende ganz natürlich wirkt. Mache dich dementsprechend während eines Vortrags nicht verrückt und lasse deine Gedanken ausschließlich um die Frage kreisen, ob deine Körpersprache zu dem Gesagten passt und das Ganze natürlich rüberkommt, sondern bewege dich ganz natürlich, sodass die Gestik intuitiv passend dazu ausfällt.

Die Denkbremse lösen

Abgesehen davon, dass du dir keine Gedanken um deine Körpersprache machen solltest, solltest du auch nicht jeden Satz erst vollständig denken. Natürlich möchte man als Referent nichts Unüberlegtes sagen, allerdings hat dies zur Folge, dass man sich beim Reden oftmals selbst im Weg steht. Letztendlich kann jemand, der lebendig reden will, nicht jeden Satz erst zu Ende denken, bevor er ihn vollendet. Die Gedanken vollenden sich nämlich erst, während man spricht, was Sprechdenken genannt wird. Da du im Voraus die Präsentation geübt haben wirst und dich währenddessen an Karteikarten oder der Präsentation orientieren kannst, sollte das Finden der richtigen Worte kein Problem darstellen.

Die Stimme kräftigen

Eine kräftige Stimme ist für einen guten Redner absolut unverzichtbar. Um diese Fähigkeit zu üben, sollten regelmäßig Stimmübungen, wie etwa der Atemwurf, gemacht werden. Dazu stellt man sich aufrecht hin und legt eine Hand an den Bauch. Danach wird ruhig eingeatmet und der Atem bewusst beobachtet. Beim Ausatmen bilden Lippen und Zähne eine Verengung, wodurch es möglich ist, gezielt auszuatmen. Das wird einige Atemzüge lang mit kleinen Pausen wiederholt. Anschließend stellt man sich vor, beim Ausatmen eine Kerze auspusten zu wollen. Man zieht dann den Bauch ruckartig ein, stößt seinen Atem aus und entspannt direkt darauf die Bauchdecke wieder. Auch das wird mehrfach wiederholt.

Achtsamkeit

Während einer Präsentation ist es wichtig, dass die Zuhörer aufmerksam zuhören. So kann man als Redner den Fokus und die Konzentration behalten und wird nicht abgelenkt. Zusätzlich können alle Zuhörer den höchstmöglichen Mehrwert aus dem Vorgetragenen ziehen. Dabei ist es wichtig zu verinnerlichen, dass die Zuhörer nur dann aufmerksam sind, wenn der Redner körperlich und geistig voll da ist. Denn die Zuhörer merken rasch, ob der Referent sich auf den Augenblick konzentriert oder mit seinen Gedanken längst woanders ist. Nur wer den Augenblick bewusst wahrnimmt, kann auch entsprechend handeln und flexibel auf Situationen reagieren. Wenn dir das im Moment schwerfällt, können Achtsamkeitsübungen Abhilfe schaffen.

Der aufrechte Stand

Jeder Mensch, der regelmäßig vor Publikum spricht, eignet sich irgendwann eine bestimmte Haltung an. Die optimale Haltung für einen Vortrag beginnt bei den Füßen: Diese sollten idealerweise schulterbreit parallel platziert werden. Die Füße sind nach vorne gerichtet, während die Knie eine lockere Haltung haben. Auch Bauch und Becken sind entspannt. Ferner richtet der Redner sein Brustbein auf und hält die Schultern in lockerer Position. Der Kopf nimmt eine aufrechte Position ein, während der Kiefer gelockert ist. Es handelt sich um eine stabile, aber dennoch flexible Körperhaltung.

Körpersprache in bestimmten Berufen

In manchen Berufen ist die Körperhaltung wichtiger als in anderen. So ist es beim Militär wichtig, eine aufrechte, stramme Haltung zu haben und dazu in seinem Gesicht keine Regung zu zeigen. Diese Körpersprache ist vor allem bei Offizieren relevant, da sie so Respekt einfordern. Das Einfordern des nötigen Respekts gelingt ihnen jedoch nur, wenn sie nach außen hin Macht und Stärke ausstrahlen. Dementsprechend stehen sie aufgerichtet und straff, meist mit gespreizten Beinen und erhobenem Kopf.

In eine ähnliche Richtung geht die Körpersprache bei Polizisten. Auch sie sollten eine aufrechte und stolze Körperhaltung einnehmen, um ihre Rolle in der Gesellschaft zum Ausdruck zu bringen. Würden sie diese Körpersprache nicht an den Tag legen, wenn sie in Kontakt mit Straftätern kommen, würden diese dazu neigen, ihnen auf der Nase herumzutanzen. Haben sie hingegen mit den Opfern von Straftaten zu tun, müssen sie sich eher mitfühlend zeigen und das auch mit ihrer Körpersprache ausdrücken. In diesem Fall nehmen sie in aller Regel eine mitfühlende und beschützende Haltung ein – sie zeigen sich dem Opfer gegenüber also völlig offen.

Eine offene und mitfühlende Körpersprache ist auch in medizinischen Berufen und im Bereich der Pflege gefragt. Pflegekräfte, Ärzte und

Krankenschwestern vermitteln ihrem Gegenüber damit ein Gefühl der Geborgenheit, was insbesondere dann wichtig ist, wenn die Patienten unter einer schweren Krankheit leiden. Zudem sollten sie dabei auch ein Gefühl der Hoffnung vermitteln. Denn auch bei den zu pflegenden Personen oder Patienten, spielt die Psyche eine große Rolle. Das zeigt sich beispielsweise bei Krebspatienten: Glauben sie fest daran, dass sie die Krankheit besiegen können, sind die Heilungschancen wesentlich besser als bei Patienten, die sich und ihr Leben bereits aufgegeben haben.

Von der Körpersprache bestimmter Berufsgruppen einmal abgesehen, können bereits Kleinigkeiten der Körpersprache über die Wahrnehmung im Berufsalltag entscheiden:

Der Druck des Händeschüttelns

Am Anfang jeder Begegnung im Geschäftsalltag, findet zur Begrüßung ein Händedruck statt. Dabei handelt es sich aber nicht nur um einen Akt des Vorstellens – stattdessen kann ein Händedruck direkt den ersten Eindruck maßgeblich beeinflussen. Idealerweise sollte der Händedruck kräftig, aber nicht zu kräftig und auch nicht zu kurz oder zu lang ausfallen. Beim Händedruck sollte die ganze Hand gegriffen werden. Die Hand wird dann höchstens drei Mal geschüttelt, wobei die Bewegungen nicht allzu ausschweifend sein sollten. Wer den Händedruck zu weich erwidert, wird tendenziell schwach eingeschätzt. Wer die Hand zu lange schüttelt, gilt hingegen als übereifrig oder auch als aufdringlich.

Die Position beim Sitzen

Bei einem Gespräch im beruflichen Alltag, sollten sich die Gesprächspartner nicht direkt gegenübersitzen, sondern in einem Winkel von 30 bis 60 ° positioniert sein. Dadurch werden die Gesprächspartner nicht frontal miteinander konfrontiert und können das Gespräch wesentlich entspannter führen. Da man keine komplizierten Berechnungen vor einem Gespräch anstellen möchte, sollte man sich grundlegend daran orientieren, leicht schräg zueinander zu sitzen.

Der Augenkontakt

Über den Augenkontakt haben wir zuvor schon ausführlich gesprochen, aber auch an dieser Stelle möchte ich auf diesen Aspekt der Körpersprache hinweisen. Vor allem im beruflichen Kontext ist es wichtig, in einem Gespräch den Blickkontakt zu halten und dabei entspannt zu bleiben. Wer aktiv den Blickkontakt meidet, wirkt ängstlich oder desinteressiert.

Das Lächeln

Emotionen zum Ausdruck zu bringen, lässt einen authentisch wirken, insofern diese nicht aufgesetzt sind. Dementsprechend ist es wichtig, in einem Gespräch ehrlich zu lächeln, wenn einem der Sinn danach steht. Allerdings ist es wichtig, dass das Lächeln aufrichtig und nicht aufgesetzt wirkt, da sonst die Glaubwürdigkeit darunter leidet.

Die Haltung

Die Haltung, die man an seinem Arbeitsplatz an den Tag legt, sollte gerade und aufrecht sein. So signalisiert man Standfestigkeit und Selbstsicherheit. Auch hier sollte es nicht zwanghaft aussehen, sondern locker – und mit etwas Zeit gewöhnt man sich auch daran. Mithilfe der richtigen Haltung kommt man überzeugender und professioneller rüber. Hektische Gesten sollten vermieden werden, da diese das Gegenteil bewirken und unpassend im Arbeitsalltag sind.

Die Sprache der Hände

Auch bei der Sprache der Hände sollte darauf geachtet werden, was diese ausdrücken könnten. Oftmals sind wir uns dabei unsicher, welche Haltung der Hände am besten ist. Zuerst ist es wichtig, dass die Hände ruhig sind und sie nicht ständig bewegt werden, damit man sein Gegenüber nicht nervös macht. Außerdem gilt: Wer seine Hände in einer geöffneten Position hält, zeigt damit an, dass er selbst auch offen ist. Ineinander verschränkte Finger weisen hingegen darauf hin, dass sich derjenige nach außen hin abschottet.

Die Kontrolle der Arme

Enorm wichtig in Gesprächssituationen ist die Position der Arme. Verschränkte Arme bedeuten, dass der Gesprächspartner eine Abwehrhaltung einnimmt. Sind die Hände im Nacken verschränkt, sagt derjenige, dass er von sich überzeugt und der Platzhirsch ist. Weisen die Ellbogen in Richtung des Gesprächspartners, sagt er damit, dass sein Gegenüber ihm nicht zu nahekommen soll. Greift sich einer der Gesprächspartner während des Gesprächs an den Oberarm, ist Vorsicht angebracht. Dies zeigt nämlich an, dass gerade Aggression oder Wut in ihm aufkommt.

Die Standfestigkeit

Läuft ein Redner während seines Vortrags ständig hin und her, sagt er damit, dass er keinen festen Standpunkt hat. Selbst kleine Schritte sollten in dieser Situation möglichst vermieden werden. Am ausdrucksstärksten kann man das Gesagte rüberbringen, wenn man standfest an einem Punkt steht und sich nur bewegt, um etwas zu verdeutlichen.

Der richtige Tausch von Visitenkarten

Auch auf diesen Aspekt wollen wir kurz eingehen. Wenn es zu einem Austausch der Visitenkarten kommt, sollte derjenige, der die Visitenkarte entgegennimmt, diese kurz anschauen und erst dann verstauen. So wird Interesse vermittelt und man kann gegebenenfalls noch einen Kommentar abgeben.

Körpersprache im privaten Bereich

Im Gegensatz zum Arbeitsumfeld, ist die Körpersprache im privaten Bereich meist weniger umfangreich, zumal mehr verziehen wird. Somit ist die Körpersprache in Bezug auf die Familie oder die Freunde auf keinen Fall unwichtig, man kann aber etwas lockerer und entspannter sein. Familie und Freunde bedeuten für jeden Menschen ein geschütztes Umfeld, in dem man sich rundum wohlfühlt. Das zeigt sich natürlich auch in der Körpersprache, sodass es nicht notwendig ist, auf eine korrekte Körperhaltung zu achten. Jeder Mensch kann sich so geben, wie er ist und sich momentan fühlt.

Allerdings gelten auch im privaten Kontakt grundlegende Dinge. So sollte man eine offene Körperhaltung bevorzugen und auf jeden Fall den Augenkontakt halten, um sein Interesse zu bekunden. Das zeigt hier auch vor allem, wie wichtig einem sein Gegenüber ist. Davon abgesehen kann man sich recht intuitiv verhalten. Wenn man einem anderen Menschen gegenüber ein bestimmtes familiäres oder freundschaftliches Verhältnis und damit verbundene Gefühle entgegenbringt, wird man dies auch in der Regel mit der Körpersprache ausdrücken können.

Trifft man sich mit Freunden im öffentlichen Raum oder findet eine Familienfeier an einem öffentlichen Ort statt, sollte man selbstverständlich mehr auf die eigene Körpersprache achten. Man achtet tendenziell mehr auf seine verbale Ausdrucksweise und auf sein Auftreten. Dieses verstärkte Augenmerk wird dann zusätzlich verstärkt, wenn Kinder dabei sind, da die meisten Menschen dann doch im Hinterkopf haben, dass sie ein Vorbild sind.

Körpersprache beim Dating

Abgesehen von dem beruflichen Alltag oder Freunden und Familie, ist auch der Aspekt des Datings nicht zu vernachlässigen. Dabei handelt es sich nämlich um den Kontakt mit einer meist unbekannten Person oder einer Person, mit der wir bisher nicht in diesem Kontext aufeinandergetroffen sind. Vor allem beim Dating ist die Körpersprache unterstützend oder kontraproduktiv. So können wir unser Interesse verstärkt zum Ausdruck bringen oder auch zeigen, dass wir nicht interessiert sind. Zudem können wir durch eine gewisse Körpersprache unsere Wirkung beeinflussen.

Auch wenn es manchmal so scheint, stammen Männer und Frauen ganz gewiss nicht von verschiedenen Planeten. Natürlich gibt es feine Unterschiede im Denken und Verhalten von Männern und Frauen, was sich aber entwicklungsgeschichtlich erklären lässt und in den

Genen verankert ist: Zu den Urinstinkten des Mannes gehört es, die eigenen Gene so weit wie möglich zu verbreiten – also möglichst viele Nachkommen zu zeugen. Die Aufgabe der körperlich schwächeren Frau hingegen war es, die Kinder zu versorgen und die Familie zu hüten. Weil die Menschen über Jahrtausende hinweg ständig Gefahren ausgesetzt waren, suchten die Frauen einen starken Beschützer, der die Familie versorgen konnte – und wollten diesen natürlich auch halten. Diese Instinkte zeigen sich auch heute noch in den typisch männlichen und weiblichen Verhaltensweisen. Jedoch gibt es auch viele Gemeinsamkeiten: Sowohl Männer als auch Frauen haben ein Bedürfnis nach Nähe und wollen geliebt werden.

Die geschlechtsspezifischen Unterschiede zeigen sich auch beim Flirten. So wollen Männer in aller Regel mit körperlicher Dominanz Punkte sammeln, während Frauen subtiler flirten und ihre Reize einsetzen. Wichtig ist es also, die nonverbalen Signale des potenziellen Partners lesen und richtig deuten zu können.

Grundsätzlich lässt sich feststellen, dass der erste Kontakt bei Flirts meist von Frauen hergestellt wird, worauf die Männer dann aufbauen. Den Startschuss für den Flirt geben Frauen, indem sie den Mann mehrfach nacheinander anblicken und rasch wieder wegschauen. Bemerkt der Mann das, liegt es an ihm, den nächsten Schritt zu machen und die Frau anzusprechen. Die wenigsten Frauen kommen von sich aus auf den Mann zu, da sich viele Frauen als „Beute“ sehen, die von dem männlichen „Jäger“ gejagt werden soll. Viele Männer begehen beim Ansprechen aber den Fehler, dass sie zu direkt und ungeduldig vorgehen und gleich zur Sache kommen wollen. Damit verschrecken sie jedoch die Frau, die daraufhin mit großer Wahrscheinlichkeit einen Rückzieher machen wird.

Aber auch Männer können sehr wohl den ersten Kontakt zur Flirtpartnerin aufnehmen, indem sie Blickkontakt herstellen und sie anlächeln. Damit signalisieren sie der Frau, dass sie großes Interesse daran haben, sie kennenzulernen. Natürlich darf es sich dabei um kein aufgesetztes Lächeln handeln. Anschließend kann entweder die Frau auf den Mann zugehen oder es findet eine Art Absprache statt, wer zu wem kommt. Im schlechtesten Fall traut sich keiner der beiden. Ist das Eis jedoch erst einmal gebrochen und das gegenseitige Interesse vorhanden, senden Männer und Frauen mit ihrem Körper typische Signale aus.

Was ist typisch Mann?

Ihr Interesse bekunden Männer durch mehrfachen Blickkontakt, wobei sie die Augenbrauen nach oben ziehen. Jedoch sollten sie es vermeiden, die Frau dauerhaft direkt anzustarren, weil das unangenehm und aufdringlich wirkt. Dennoch ist es charakteristisch für Männer, dass sie die Frau nicht aus den Augen lassen. Ferner präsentieren sich Männer beim Flirten dominant. Das heißt, sie wenden ihren Oberkörper der Dame zu, wenden sich ihr zu und öffnen im Sitzen ihre Beine. Kommt es zu einem Gespräch, geben sich Männer üblicherweise betont locker und lässig. Damit sollte allerdings nicht übertrieben werden, weil die Frau dies als Desinteresse interpretieren könnte. Weil der Mann während des Flirts gut aussehen möchte, sendet er sogenannte Putzsignale. Beispielsweise streicht er sich selbst gelegentlich durch die Haare oder entfernt Fussel von seiner Kleidung, die oft nicht einmal vorhanden sind.

Was ist typisch Frau?

Frauen senden beim Flirten hingegen subtile Signale aus. Ein erstes Signal, auf das ein Mann achten sollte, ist die sogenannte „gespiegelte" Körpersprache. Schon zu Beginn einer Unterhaltung gleicht die Frau also ihre Körpersprache der des Mannes an. Doch es gibt noch eine ganze Reihe weiterer positiver Signale:

Sie sucht den Blickkontakt, wobei sie mit den Wimpern klimpert. Ob der Mann der Frau gefällt, erkennt er daran, dass ihre Pupillen leicht geweitet sind. Ihr deutliches Interesse bekundet die Frau außerdem dadurch, dass sie ihren Nacken präsentiert, womit sie unterbewusst zeigt, dass sie verletzlich ist. Ebenso positiv ist es zu bewerten, wenn die Frau mehrfach Arme, Haare und Gesicht berührt, womit sie unterbewusst auf ihre Schönheit hinweist. Dies macht sie auch, wenn sie sich nach vorne beugt, ihren Oberkörper anhebt oder ihr Haar zurückwirft. Ihre Weiblichkeit betont die Frau, indem sie ihre Arme in die Hüfte stemmt. Dass ihr der Mann gut gefällt, zeigt sie ihm dadurch, dass sie oft und laut lacht und ihn an der Hand oder am Arm berührt, ebenso, wenn sie bewusst einen Kussmund aufsetzt.

Das Wichtigste in Kürze

- ✓ Im Arbeitsumfeld entscheidet die Körpersprache, wie deine Vorgesetzten und Kollegen dich wahrnehmen. Auch relevant ist sie, wenn es darum geht, die Karriereleiter emporzuklettern und berufliche Ziele zu erreichen, da die Körpersprache Selbstvertrauen und Souveränität gibt.
- ✓ Schlussendlich gilt das Motto im Arbeitsumfeld: Wer überzeugen möchte, sollte eine positive Einstellung zu sich selbst und dem jeweiligen Thema mitbringen.
- ✓ Grundlegend kann man davon ausgehen, dass manche Menschen einfach extrovertiert sind und mehr Präsenz haben und dass es introvertierten Menschen daran mangelt. Generell kann jedoch jeder mehr Präsenz erlernen.
- ✓ Da introvertierte Menschen ihre Kraft aus sich selbst ziehen, brauchen sie weniger Anerkennung und Aufmerksamkeit von außen. Dadurch erfahren sie allerdings kaum Anerkennung für ihre Arbeit und werden auch gerne übersehen, wenn eine Beförderung ansteht.
- ✓ Möglichkeiten für introvertierte Persönlichkeiten: Introversion als Persönlichkeitsmerkmal anerkennen, Perfektionismus ablegen, jeden Ort zum Wohlfühlort machen, akzeptieren, dass jeder Mensch Schwächen hat, seine Stärken wahrnehmen und nicht als Zufall sehen, diese Stärken nutzen und zum Ausdruck bringen.

- ✓ Die Rhetorik ist glaubwürdiger, wenn Gesagtes und Gezeigtes übereinstimmen, man sich natürlich im Raum bewegt, die Körpersprache vorher nicht einstudiert, nicht über alles Gesagte nachdenkt, seine Stimme kräftigt, sich in Achtsamkeit übt und sich breit hinstellt.

- ✓ In manchen Berufen ist eine bestimmte Körpersprache vorgesehen: beispielsweise beim Militär, bei der Polizei und im medizinischen Bereich.

- ✓ Im generellen Berufsalltag wichtig sind: der Druck des Händeschüttelns, die Sitzposition, der Blickkontakt, das Lächeln, die Haltung, die Handposition, die Armposition, die Standfestigkeit und der Visitenkartentausch.

- ✓ Körpersprache im privaten Bereich: generell offen, sonst intuitiv, da man sich automatisch richtig ausdrückt, wenn die Gefühle stimmen. Allerdings macht es einen Unterschied, wenn man Freunde und Familie in der Öffentlichkeit trifft.

- ✓ Körpersprache beim Dating: Es gibt geschlechtsspezifische Unterschiede, sodass Männer und Frauen sich typisch ihres Geschlechts verhalten.

Kapitel 5: Die Körpersprache im psychologischen Kontext

In diesem Kapitel werfen wir einen Blick auf die psychologische Betrachtungsweise der Körpersprache. Zum einen werden einige Modelle bekannter Psychologen näher betrachtet, zum anderen soll es in diesem Kapitel darum gehen, inwiefern die Körpersprache mit Manipulation zusammenhängt.

Psychologische Betrachtungsweisen

Es gibt einige psychologische Modelle, die die Wirkung von Körpersprache aufzeigen. An dieser Stelle sollen diese vorgestellt und in einen Kontext gesetzt werden, damit auch der psychologische Input betrachtet wird.

Das Kommunikationsmodell nach Paul Watzlawick

Dieses Modell betrachtet nicht direkt die Körpersprache, sondern bezieht sich auf die Kommunikation. Allerdings wird anhand der aufgestellten Axiome Watzlawicks dennoch der Einfluss deutlich. Die fünf Grundregeln im Kommunikationsmodell lauten:

(1) Man kann nicht nicht kommunizieren.
(2) Jede Kommunikation hat einen Inhalts- und einen Beziehungsaspekt.
(3) Kommunikation ist immer Ursache und Wirkung.
(4) Menschliche Kommunikation bedient sich analoger und digitaler Modalitäten.
(5) Kommunikation ist symmetrisch oder komplementär.

Vor allem das erste Axiom ist für die Körpersprache relevant. Damit meint Watzlawick, dass auch ohne verbale Kommunikation eine Kommunikation stattfindet – und das permanent und ohne unser bewusstes Eingreifen. So sagt ein Nicht-Verhalten genauso viel aus wie ein Nicht-Sprechen. Auch die beiden darauffolgenden Axiome können auf die Körpersprache bezogen werden. Denn vor allem der Beziehungsaspekt des zweite Axioms kann durch die Körpersprache verdeutlicht werden, da man anhand dieser auch als Außenstehender Vermutungen über die Beziehung der beiden Kommunizierenden äußern kann.

Bei dem dritten Axiom geht es darum, dass jede verbale Aussage eine Ursache, aber auch eine Wirkung hat. Das bedeutet, dass der Aussage „Du schaust zu viel Fernsehen" die Ursache zugrunde liegen kann, dass das Gegenüber sich dadurch gestört fühlt. Die Wirkung kann eine Verstimmung sein, da man die Aussage als Vorwurf auffasst. Die Reaktion darauf hat dann die Interpretation der vorangegangenen Aussage als Ursache und die Erwiderung ist dann die Wirkung.

Das vierte Axiom drückt aus, dass es zum einen analoge, also gezeigte Darstellungen gibt und zum anderen digitale, indem man Dingen einen Namen gibt. Somit teilt nicht nur das gesprochene Wort etwas mit, sondern auch nonverbale Äußerungen haben eine Aussagekraft. Mit den digitalen Modalitäten wird der Inhaltsaspekt einer Aussage ausgedrückt. Mit den analogen Modalitäten hingegen wird die Beziehungsebene zum Ausdruck gebracht. Das bedeutet, dass die digitale Ebene immer auf eine Art und Weise verstanden werden kann, wohingegen die analoge Ebene mehrere Bedeutungen haben kann. Dementsprechend kann es durch die Interpretation analoger Elemente zu Unstimmigkeiten und Konflikten kommen. Ein klassisches Beispiel dafür wären Tränen. Tränen können aufgrund von Trauer, Wut oder Freude auftreten.

Zu guter Letzt zielt das fünfte Axiom darauf ab, wie die Beziehung ist und wie daraus resultierend die Kommunikation stattfindet – konkret, ob beide Gesprächspartner auf einer Augenhöhe sind oder ob die Partner sich gegenseitig ergänzen und es somit beispielsweise einen dominanten und einen unterwürfigen Partner gibt. Dabei geht es bei der Symmetrie darum, dass sie aktiv durch beide Seiten angestrebt wird. Problematisch wird es hier, wenn sich die Aussagen und Handlungen gegenseitig hochschaukeln und es darum geht, das Gespräch für sich zu gewinnen. Es kommt dann entweder zu widersprüchlichem Verhalten oder zu paradoxen Interpretationen. Unter widersprüchlichem Verhalten versteht man, dass die Körpersprache nicht zu dem Gesagten passt, somit eine Inkongruenz zwischen den nonverbalen und verbalen Aussagen besteht. Bei paradoxen Interpretationen handelt es sich darum, dass man es seinem Gegenüber unabhängig von der Handlungsentscheidung nicht hätte recht machen können – jede Handlung führt zur Unzufriedenheit und wird unbefriedigend interpretiert.

Es wird somit anhand der Axiome von Watzlawick deutlich, dass Körpersprache und Sprache eng miteinander verwoben sind und nicht ohne einander auftreten. Dementsprechend kann auch jedes Axiom auf die nonverbale Sprache übertragen werden.

Die Anwendung des Pareto-Prinzips von Samy Molcho

> *„Was wir sind, sind wir durch unseren Körper. Der Körper ist der Handschuh der Seele, seine Sprache das Wort des Herzens. Jede innere Bewegung, Gefühle, Emotionen, Wünsche drücken sich durch unseren Körper aus."* - **Samy Molcho**

Das Pareto-Prinzip besagt grundlegend, dass 20 % der Arbeit 80 % des Ergebnisses ausmachen. Diese 80-20-Regel wurde nach dem Aufstellen auf die unterschiedlichsten Bereiche übertragen und erfolgreich darauf angewandt. Der Pantomime, Hochschuldozent und Autor vieler Bücher im Bereich der Körpersprache Samy Molcho bezog dieses Prinzip auf die Körpersprache und ist davon überzeugt, dass 80 % der Kommunikation auf den nonverbalen Ausdruck zurückgeführt werden kann. Somit entscheidet unsere nonverbale Ausdrucksweise, welche Information unser Gegenüber erhält und wie er oder sie darauf reagiert. Im Umkehrschluss sagt Molcho damit auch, dass unsere verbale Artikulation lediglich 20 % zum Informationsgehalt der Aussagen beiträgt.

Modell der nonverbalen Kommunikation von Baden Eunson

Eunson stellte die Körpersprache in verschiedenen Zonen dar, die wie eine Zielscheibe angeordnet sind. Dabei beginnt es im Inneren von uns und dem Zusammenhang mit der nonverbalen Kommunikation bis hin zu unserer Außenwirkung und dem damit zusammenhängenden Einfluss. Es beginnt in der ersten Zone mit unserem Körperbau und unserer Körperform. Daran anschließend folgen in der zweiten Zone Geruch, Augen, Stimme, Kopf und unser Gesichtsausdruck. Anschließend folgen in Zone drei die Gestiken, in Zone vier die Körperhaltung und in Zone fünf die Orientierung. In den weiteren Zonen folgen dann Berührungen, also der Tastsinn, Kleidung und Schmuck, der persönliche Raum, die Umgebung und die Zeit und der kulturelle Kontext in Zone zehn.

Die Unterscheidung und Zuordnung macht einige Dinge deutlich; so zählt Eunson weder den Geschmacks- noch den Hörsinn zu der zweiten Zone. Das hängt vor allem damit zusammen, dass beides nicht aktiv in den Kommunikationsprozess eingebaut ist, sondern lediglich passiv daran teilnimmt. Außerdem wird der Tastsinn nicht zur Gestik oder den anderen Sinnen gezählt, sondern einzeln genannt, da das Berühren von anderen nicht zu den anderen Zonen gezählt wird. Eunson sieht Gesten als unterstützende Bewegungen der Hände und nicht als Berührungen. Mit der fünften Zone, der Orientierung, ist gemeint, wie wir jemandem gegenübertreten – konkret in welchem Winkel wir jemandem gegenüberstehen. Vereinfacht gesagt könnte man von der Zugewandtheit und der Distanz einem anderen Menschen gegenüber sprechen. Letztendlich ist unsere nonverbale Kommunikation nicht auf einen Bereich begrenzt, sondern umfasst mehrere Zonen gleichzeitig oder sogar alle.

Körpersprache und Manipulation

Nachdem ein Überblick über verschiedene Aspekte der Körpersprache besteht, kommt unter Umständen die Frage auf, inwiefern gelernte Körpersprache oder auch die bewusste Kontrolle dieser eine Manipulation für andere darstellen kann. Grundsätzlich läuft Körpersprache unbewusst ab, kann also nicht manipulativ eingesetzt werden. Allerdings kann man sich durchaus gewisse körpersprachliche Aspekte angewöhnen, durch die man eine bestimmte Reaktion beim Gegenüber bewirken möchte. Ein Beispiel dafür wären Personen des öffentlichen Lebens, die ihre Körpersprache in gewissen Situationen von ihren Emotionen entkoppelt haben, sodass sie sich nicht offenbaren müssen.

Davon abgesehen gibt es die Möglichkeit, durch eine bestimmte Körpersprache eine Veränderung in sich selbst herbeizuführen. Wenn man sich aufrecht hinstellt und eine überzeugende Körpersprache an den Tag legt, wird man das nach Außen hin ausstrahlen, sich aber gleichzeitig auch innerlich so fühlen. Man könnte somit von einer Selbstmanipulation sprechen. Allerdings ist die klassische Manipulation erst dann schlecht, wenn sie einem anderen oder einem selbst Schaden zufügt. „Manipuliert" man sich somit selber hin zum Positiven, spricht absolut nichts dagegen. Wenn man seine Körpersprache anpasst, um glaubwürdiger im Job aufzutreten und dort kompetenter zu wirken, ist das ebenfalls keine klassische Manipulation, auch wenn die Kollegen und Vorgesetzten einen neuen, anderen Eindruck bekommen. Letztendlich wird auch mit dieser Änderung der Körpersprache niemandem ein Schaden zugefügt.

Anders sieht es hingegen aus, wenn man durch seine Körpersprache etwas ausdrückt, was nicht der Wahrheit entspricht. Wenn man sich kompetenter gibt, als man ist und bei seinen Mitmenschen den Anschein von mehr Kompetenz macht, als es in der Realität der Fall ist, dann schadet man damit auch anderen. Von daher ist der wichtigste Grundsatz, damit Körpersprache nicht manipulativ ist, dass man immer authentisch agieren sollte. In dem nächsten Kapitel wird kurz auf die Relevanz der manipulierten Körpersprache für die richtige Interpretation von Körpersprache eingegangen.

Bekommen, was man will

Im Folgenden soll es um einige Methoden gehen, mithilfe derer wir von anderen Menschen das bekommen, was wir wollen. Dementsprechend ist das Verhalten durchaus manipulativ, jedoch gilt auch hier: Solange niemandem geschadet wird, befindet sich alles im Rahmen.

Gutes tun

Weil Menschen sehr empfänglich für ein liebevolles und aufrichtiges Verhalten ohne Hintergedanken sind, lohnt es sich, so oft wie möglich Gutes zu tun – dadurch wird man sich rasch einen großen Freundes- und Bekanntenkreis aufbauen. Und wenn man selbst irgendwann einmal in die Situation gerät, dass man etwas Bestimmtes dringend haben möchte, kann man sich fast sicher sein, dass es in seinem Umfeld jemanden gibt, der sich mit einem Gefallen revanchieren möchte.

Der Spiegeleffekt

Wer jemanden für sich gewinnen möchte, ist gut beraten, wenn er ihn hinsichtlich seiner Körpersprache spiegelt. Dadurch erweckt er das Vertrauen des Gegenübers für sich. Einige Menschen – die sogenannten Chamäleons – beherrschen das Spiegeln ihres Gegenübers sogar in Perfektion. Sie werden so genannt, weil sich Chamäleons in der Natur so gut anpassen können, dass sie nahezu unsichtbar sind.

Oft loben

Menschen, die andere für sich gewinnen wollen, vermeiden es, Kritik zu äußern und sprechen stattdessen bei jeder sich bietenden Gelegenheit ein Lob aus. Will derjenige dann etwas von den anderen, werden diese ihm sicherlich bereitwillig entgegenkommen. Das gilt auch für Komplimente. Jedoch muss es sich hierbei um aufrichtig gemeinte Komplimente handeln. Hat das Gegenüber nämlich das Gefühl, dass das Kompliment nicht aufrichtig gemeint war, schadet das der eigenen Glaubwürdigkeit.

Verständnisvoll nicken

Nickt ein Mensch während eines Gespräches verständnisvoll, tendiert er in aller Regel dazu, seinem Gesprächspartner zuzustimmen. Und fängt erstmal einer an zu nicken, fängt der Gesprächspartner mit sehr großer Wahrscheinlichkeit ebenfalls damit an.

Das Wichtigste in Kürze

- ✓ Das Kommunikationsmodell nach Paul Watzlawick besteht aus fünf grundlegenden Axiomen, die sich auf Kommunikation beziehen. Jeden Aspekt kann man auf die Körpersprache beziehen, was den engen Zusammenhang von nonverbaler und verbaler Sprache zeigt.
- ✓ Samy Molcho bezieht das Pareto-Prinzip auf die nonverbale Kommunikation und sagt, dass 80 % der Informationen, die unser Gegenüber erhält, auf unsere Körpersprache zurückzuführen sind.
- ✓ Baden Eunson hat ein Modell der nonverbalen Kommunikation erstellt, das in zehn Zonen unterteilt ist. Dabei umfasst unsere nonverbale Kommunikation immer mehrere oder sogar alle Zonen zur gleichen Zeit.
- ✓ Körpersprache ist nur dann manipulativ, wenn wir damit anderen Menschen schaden. Wenn wir uns selber positiv „manipulieren", ist es positiv anzusehen.
- ✓ Strategien, um das zu bekommen, was wir wollen, sind: Gutes tun, der Spiegeleffekt, häufiges Loben und das zustimmende Nicken. Wenn niemand zu Schaden kommt, spricht nichts gegen den Einsatz solcher Methoden.

Kapitel 6: Körpersprache richtig deuten können

Jeder hat es wahrscheinlich schon mal erlebt und ein Verhalten oder eine Situation vollkommen falsch interpretiert. Man hat aufgrund der Körpersprache komplett falsche Rückschlüsse gezogen. Das beste Beispiel dafür sind verschränkte Arme. Generell werden sie als Ablehnung verstanden, viele Menschen argumentieren aber auch, dass diese Position der Arme bequem ist und sie diese deswegen einnehmen. Um recht eindeutig das klassische Verständnis gewisser Aspekte der Körpersprache zu verstehen, soll dieses Kapitel für Aufklärung sorgen.

Warum nicht jeder die Signale deuten kann

Bestimmte Gefühle drückt nahezu jeder Mensch auf die gleiche Art und Weise aus. Diese Emotionen werden in der Wissenschaft auch als sogenannte Basisgefühle bezeichnet. Dabei handelt es sich um Gefühle wie Angst, Abscheu, Glück oder Trauer. Durch ein Stirnrunzeln drücken Menschen beispielsweise in fast allen Kulturen Ärger aus. Ebenso universell wird das Lächeln als positives Signal verstanden. Derartige Gesten werden somit jederzeit und in nahezu jedem Kulturkreis verstanden.

Der Wunsch, die Körpersprache richtig deuten zu können, hat einen guten Grund: Jeder Mensch sendet unbewusst Signale aus, die oft mehr Wahrheit preisgeben als das gesprochene Wort. Da körperliche Signale unbewusst ausgesendet werden und somit tendenziell ehrlicher sind, vertrauen die Gesprächspartner diesen mehr, wobei auch das auf der unterbewussten Ebene abläuft.

✓ Körpersprache ist nicht gleich Körpersprache

Es ist nicht immer einfach, die Körpersprache richtig zu deuten. Der Grund dafür liegt darin, dass es unmöglich ist, zu wissen, was ein anderer Mensch denkt. Zudem verhält sich jeder Mensch anders, sodass keine allgemeingültige Aussage getroffen werden kann. Außerdem senden Männer andere Signale aus als Frauen.

✓ Gesamtsituation betrachten

Um eine Fehldeutung zu vermeiden, muss zudem das soziale Milieu und die religiöse Einstellung des Gesprächspartners berücksichtigt werden. Das hängt damit zusammen, dass beides einen Einfluss auf die Ausdrucksweise hat – verbal und physisch. Dementsprechend kann eine Fehldeutung der Körpersprache zunächst dadurch vermieden werden, dass die Gesamtsituation betrachtet wird.

✓ Manipulation der Körpersprache

Eine sehr große Rolle spielt die Körpersprache beispielsweise im Theater oder in Filmen und Serien. Hier muss es den Schauspielern gelingen, Emotionen eindeutig auszudrücken und dabei glaubwürdig zu wirken, sodass der Zuschauer mitfühlen kann. Das bietet die beste Gelegenheit zu lernen, wie Körpersprache funktioniert: Der Zuschauer kann sich hier bewusst machen, was er im Alltag nur unterbewusst wahrnimmt, indem er beobachtet, wie es den Schauspielern gelingt, dem Zuschauer Emotionen zu vermitteln.

So schön dieser Lerneffekt an sich auch ist, kann er genauso dafür genutzt werden, um zu lernen, wie man die eigene Körpersprache manipulieren kann. Somit kann sich jemand eine Körpersprache aneignen, die den eigentlichen Emotionen nicht entspricht.

✓ Die Manipulation des Lügens

Die Fähigkeit zu lügen ist dem Menschen ebenso wenig in die Wiege gelegt worden wie die Fähigkeit, Lügen zu erkennen. An sich ist die Körpersprache ehrlich, allerdings kann sie gezielt manipuliert werden, sodass Lügen auch durch die Körpersprache nicht enttarnt werden können. Manche Unternehmen trainieren ihre Verkäufer gezielt darauf zu lügen. Sind die Lügen dann gut verpackt, fällt es äußerst schwer, diese zu erkennen.

Ungeübte Lügner, die ihre Körpersprache nicht manipuliert haben, sind anhand ihrer Körpersprache meist recht leicht zu entlarven. Der wichtigste Anhaltspunkt dafür sind zunächst widersprüchliche Signale des Körpers. So wird etwas Positives gesagt, der Körper zeigt aber negative Verhaltensweisen. Mit ein bisschen Übung fällt es dir leichter, einfache Indizien für Lügen zu erkennen. Gute Menschenkenner können einen Lügner von Anfang an durchschauen, ohne dass sie eigentlich genau wissen, warum. Der Grund dafür liegt darin, dass sie schlicht und ergreifend die Signale des Körpers richtig deuten.

Körpersprache lesen

Wie in allen anderen Bereichen gilt auch in Bezug auf die Körpersprache: Wer lesen kann, ist klar im Vorteil. Die wichtigsten Voraussetzungen, um die Körpersprache lesen zu können, sind aufmerksames Beobachten und ein wenig Übung.

Wenn ein Mensch weint

Beginnen wir mit einigen grundlegenden Aspekten der Körpersprache, die vor allem mit Emotionen zu tun haben. Weinen zeigt oftmals, dass bei jemandem die Gefühle überhandgenommen haben und sich irgendwie einen Weg nach draußen gebahnt haben. Dabei ist Weinen klassisch ein Zeichen für Trauer oder Traurigkeit. Allerdings ist das nicht der einzige Grund, aus dem Menschen weinen. Auch Freude oder Wut können mit Tränen ausgedrückt werden. Um eindeutig sagen zu können, warum ein Mensch zu weinen beginnt, sollte man somit andere Signale der Körpersprache und die Umstände der Situation mit in seine Bewertung einbeziehen. So kann man auch eher ausschließen, ob die Tränen nicht unter Umständen vorgetäuscht sind. In der Regel hat jemand, der aus Traurigkeit weint, eine eingefallene Körperhaltung. Darüber hinaus ist das Bedürfnis oft groß, alleine sein zu wollen. Beim Weinen aufgrund von Wut ist die Körperhaltung hingegen normal oder sogar aufrechter und angespannter. Die Fäuste sind unter Umständen geballt, die Körperhaltung zeigt bedrohliche Züge oder die Person nimmt eine abwehrende Position ein. Freudentränen sind mit einer offenen und fröhlichen Körperhaltung verbunden und die Person wird im Normalfall ein Lächeln auf dem Gesicht tragen.

Wann freut sich ein Mensch?

Freude ist sicherlich am leichtesten zu erkennen. Wenn ein Mensch sich freut, dann ist seine Körperhaltung offen oder er wirkt so als würde er unter Strom stehen. Außerdem ist ein deutlich sichtbares Lächeln oder Lachen im Gesicht zu erkennen und die Augen leuchten. Starke Freude zeigt sich häufig in einem Hüpfen.

Die Anzeichen für Wut

Wut ist etwas eindeutiger zu erkennen. Denn oftmals wird bereits unterdrückte Wut zum Ausdruck gebracht, wenn auch subtiler. Im Allgemeinen werden Wut oder Drohungen dadurch angezeigt, dass die Augenbrauen eine V-Formation einnehmen. Weitere Signale sind der offene oder nach unten gezogene Mund sowie geweitete Augen. Die Hände können zu Fäusten geballt sein und die Person kann eine deutlich sichtbare rote Gesichtsfarbe haben. Bei dem subtilen Ausdruck von Wut können einzelne Signale auftreten oder eine abwehrende und feindliche Körperhaltung kann ein Indiz sein. Diese kann sich darin äußern, dass die Arme vor der Brust verschränkt oder die Hände in die Seiten gestemmt werden.

Wie zeigt sich Furcht?

Auch Furcht kann man an der Körpersprache ablesen. Menschen, die sich vor etwas fürchten, blinzeln öfter mit den Augen und haben ihre Lippen zusammengepresst. Außerdem lassen sich verstärkt Bewegungen im Gesicht beobachten. Oftmals können ängstliche Personen auch ihre Hände nicht stillhalten oder sie zappeln mit den Beinen. Die Pupillen sind in der Regel geweitet, um vermeintlich mehr erfassen zu können. Des Weiteren können einzelne Gliedmaßen oder der ganze

Körper zittern. Die Gesichtsfarbe wird recht blass sein und die Körpersprache generell eher zusammengefallen oder sich schützend.

Wie zeigt sich Scham?

Menschen, die sich schämen, lächeln oft verkrampft oder künstlich, wenden den Kopf ab oder vermeiden den Blickkontakt, indem sie zu Boden blicken. Dabei gilt die Blickrichtung zum Boden allgemein als ein Anzeichen für negative Gedanken oder Emotionen. Zusätzlich wird die Gesichtsfarbe der meisten Menschen eine rötliche Färbung annehmen. Die Bewegungen werden recht hektisch sein, da verzweifelt versucht wird, von der Situation, die das Schamempfinden ausgelöst hat, abzulenken.

Wie lernt man, die Körpersprache zu lesen?

Die Körpersprache eines Menschen einwandfrei zu lesen ist eine äußerst schwierige Aufgabe, darauf bin ich bereits eingegangen. Wer die Körpersprache seines Gegenübers bestmöglich einschätzen möchte, muss zunächst die Umgebung, die Sprache und die sozialen Faktoren kennen. Das Wissen dieser Faktoren erleichtert einem das Lesen der Körpersprache enorm. Auch eine lange Bekanntschaft führt zu einer erleichterten Einschätzung.

Allerdings ist klar, dass diese Informationen meistens nicht vorliegen, wenn wir einen Menschen in seiner Körpersprache besser einschätzen wollen. Dementsprechend gilt als grundlegende Regel, dass wir unser Gegenüber aufmerksam beobachten sollten. Darüber hinaus können wir uns das Wissen über Grundlagen der Körpersprache aneignen, sollten aber nicht vergessen, dass diese nicht auf jeden Menschen zutreffen werden. Mit diesen beiden Aspekten im Hinterkopf, wird es uns leichter fallen, jeden Menschen in einem gewissen Maß einschätzen zu können.

Inkongruente Botschaften erkennen

Jede Nachricht enthält im Normalfall einen Teil, der sprachlich ausgedrückt wird und einen Teil, der nicht-sprachlich ausgedrückt wird. Diese Teile können sich entweder ergänzen oder widersprechen. Deshalb wird auch zwischen kongruenten und inkongruenten Nachrichten unterschieden.

Als kongruent wird eine Nachricht betrachtet, wenn sie in sich voll und ganz stimmig ist. Sämtliche Signale der Kommunikation weisen in diesem Fall in dieselbe Richtung. Bei inkongruenten Nachrichten stimmen diese Signale hingegen nicht überein oder widersprechen sich sogar.

Inkongruente Botschaften lassen sich anhand von vier Elementen erkennen, wobei diese nicht isoliert betrachtet werden sollten, sondern in den meisten Fällen in einem Zusammenhang stehen. Neben der jeweils aktuellen Situation müssen der Tonfall, die Art der Formulierung sowie Gestik und Mimik berücksichtigt werden.

Sagt der Trainer einer Fußballmannschaft beispielsweise zu einem Spieler, der gerade einen Elfmeter verschossen hat, dass er einen hervorragenden Torriecher habe, wirkt diese sprachliche Äußerung inkongruent. Diese Bemerkung ist somit eher ironisch gemeint. Würdigt jemand in einer Gesprächsrunde eine andere Person keines Blickes, sagt aber, er finde sie äußerst qualifiziert und interessant, drückt seine Körperhaltung genau das Gegenteil von dem Gesagten aus. Nicht minder wichtig ist der Tonfall – beispielsweise, wenn es um freundliche Worte nach einem Konflikt geht.

Inkongruente Botschaften haben Auswirkungen auf den Sender und den Empfänger. Für Letzteren ist dies besonders unangenehm, weil er widersprüchliche Botschaften erhält. Das wiederum bedeutet, dass er es dem Sender einer Botschaft ohnehin nicht recht machen kann. Der Sender hingegen sieht sich einem widersprechenden Wirrwarr an Meinungen und Gefühlen gegenüber.

Der Empfänger muss also ein klares Feedback geben und dem Sender somit zeigen, dass er durch die Botschaften, die sich widersprechen, verwirrt ist. Dadurch erkennt der Sender möglicherweise seine Lage und kann die Meinungen und Emotionen entwirren oder er kann entgegnen, dass er noch keine eindeutige Meinung von sich geben kann, weil er sich selbst noch nicht schlüssig ist.

Emotionen erkennen

Die emotionale Intelligenz, auch EQ, beschreibt die Fähigkeit zu erkennen, welche Emotionen einen anderen Menschen bewegen. Dabei handelt es sich um eine der wichtigsten Voraussetzungen, um die Körpersprache richtig deuten zu können. Das hört sich zunächst einfach an, ist in der Praxis jedoch recht schwierig. Ein Grund dafür besteht darin, dass es jedem Menschen schon als Kind anerzogen wurde, starke Emotionen nicht zu zeigen, sondern zu unterdrücken.

Zudem müssen positive von negativen Emotionen unterschieden werden, da Letztere eher auffallen. Der Grund dafür ist entwicklungsgeschichtlich bedingt, denn negative Gefühle bedeuten Gefahr. Im Laufe der menschlichen Geschichte war es enorm wichtig, Gefahren rechtzeitig zu erkennen und angemessen darauf zu reagieren. Dieser verstärkte Ausdruck negativer Emotionen besteht somit auch heute noch und macht es uns leichter, negative Gefühlslagen zu erkennen.

Sobald das Gefühl benannt ist, sollte außerdem die Intensität eingeschätzt werden. Das lässt sich mithilfe von Selbstbeobachtung erlernen. Wer seine eigenen Gefühle kennt und einschätzen kann, dem fällt es auch leichter, die Gefühle anderer Menschen einzuschätzen.

Wie lässt sich die emotionale Intelligenz schulen?

Nicht jeder Mensch ist gleich emotional intelligent. Allerdings kann man durchaus an der Ausprägung des eigenen EQs arbeiten und diesen verbessern. Dabei gibt es verschiedene Arten, um den EQ zu schulen, jedoch möchte ich dir hier lediglich drei vorstellen.

✓ Die Schulung der Aufmerksamkeit

Eine Ursache für eine geringere emotionale Intelligenz kann darin bestehen, dass die Aufmerksamkeit mehr auf einem selbst liegt, anstatt auf anderen Menschen. Dagegen spricht an sich absolut nichts, wenn man jedoch seinen EQ verbessern möchte, sollte man darauf achten, aufmerksamer seinen Mitmenschen gegenüber zu sein. Dabei kann bereits ein minimaler Aufmerksamkeitsanstieg viel bewirken, da man schnell automatisch aufmerksamer anderen gegenüber durchs Leben gehen wird.

✓ Das Wahrnehmen und Benennen von Gefühlen

Dieser Aspekt klingt im ersten Moment einfach, setzt man sich jedoch hin und versucht möglichst viele Gefühlsregungen wahrzunehmen und dann auch noch zu benennen, sieht das Ganze anders aus. Wenn wir daran anschließend noch die Ursache unserer Gefühle ergründen wollen, stehen wir vor einer immer schwerer werdenden Aufgabe. Deswegen ist es sinnvoll, für einen festgelegten Zeitraum auf die Wahrnehmung der Gefühle zu achten. Sobald man darin gut geübt ist, beginnt man mit der Benennung dieser Gefühle. Sobald man auch diesen Teil verinnerlicht hat, läuft der Prozess automatisch ab. Wer direkt beides angehen möchte, kann das natürlich auch gerne tun. Die Grundlage des Ganzen besteht in der Aufmerksamkeit sich selbst gegenüber und auf dem Umlenken des Fokus. Im dritten Schritt, der mit dem nächsten Aspekt einhergeht, kann man die Ursache der Gefühle ergründen.

✓ Das reflektive Journaling

Diese Art der Verbesserung des EQ schließt an den letzten Aspekt an. Hierbei geht es darum, alle Aspekte, die der Verbesserung des EQ dienen, schriftlich festzuhalten. Angefangen bei dem Herausfinden und Erörtern der Ursache für eigene Gefühle und Empfindungen, bis hin zu Beobachtungen, die man bei anderen Menschen in Bezug auf Emotionen machen konnte. Außerdem ist es ratsam, sich ein Tagesresümee zu erstellen. Dieses Resümee sollte individuell erstellt werden und jeden Abend ausgefüllt werden, sodass der Fortschritt sichtbar gemacht werden kann. Inhalt des Resümees könnte sein, welche Emotion den heutigen Tag bestimmt hat, wie es zu dieser Emotion kam, welche Emotionen man heute bei seinen Mitmenschen ausgelöst hat und ob es sich dabei auch um die beabsichtigte Emotion gehandelt hat. Darüber hinaus sind der Kreativität keine Grenzen gesetzt, insofern die Fragen auf das eigene emotionale Befinden und das deiner Mitmenschen abzielt und einen Fortschritt verdeutlichen kann. Wichtig ist nur, dass du absolut ehrlich zu dir bist, da der Sinn dieser Übung sonst hinfällig ist.

Der Unterschied zwischen Männern und Frauen

Nicht selten kommt es vor, dass Mann und Frau schlicht und ergreifend aneinander vorbei reden. Denn er spricht lieber über Fakten, während sie Gefühle zur Sprache bringt. Was die Kommunikation zwischen Mann und Frau zusätzlich erschwert, ist die Tatsache, dass sie auch eine etwas andere Körpersprache sprechen. Missverständnisse sind gewissermaßen schon vorprogrammiert. Diese Unterschiede zeigen sich in ganz alltäglichen Situationen:

- ✓ Zieht ein Mann seinen Pullover aus, greift er in den Nacken und zieht ihn nach vorne hin, über den Kopf aus. Eine Frau hingegen überkreuzt ihre Hände vor den Bauch und streift das Kleidungsstück über den Kopf.
- ✓ Hebt eine Frau einen Gegenstand vom Boden auf, geht sie in die Hocke, während sich ein Mann bückt.
- ✓ Drängelt sich ein Mann vorbei, dreht er einem üblicherweise die Vorderseite zu, Frauen hingegen die Rückseite.
- ✓ Zieht ein Mann eine Jacke an, beginnt er meist mit dem rechten, eine Frau mit dem linken Arm.
- ✓ Muss eine Frau einen Gegenstand tragen, macht sie das meist vor dem Bauch oder auf Hüfthöhe, Männer tragen ihn hingegen vor der Brust.

Einige dieser Unterschiede sind anatomisch bedingt. Dass Frauen ihre Arme enger am Körper halten, liegt daran, dass sie schmalere Schultern haben. Es kann aber auch auf traditionelle Geschlechterrollen zurückgehen. Das es sehr wohl einen kleinen Unterschied zwischen den Geschlechtern gibt, haben Mike Burton und Vicky Bruce von der Universität Nottingham nachgewiesen. Sie haben die Haare glatt rasierter Männer und von Frauen unter einer Badekappe mit neutraler Farbe versteckt. Nun mussten Freiwillige diese nach dem Geschlecht sortieren und landeten damit eine Trefferquote von 96 Prozent. Heraus kam bei den Fehlern auch, dass Frauen eher für einen Mann gehalten werden, als es umgekehrt der Fall ist.

Werden die Augenbrauen zusätzlich mit einem schwarzen Balken abgedeckt, ist die Unterscheidungsfähigkeit auf 75 Prozent gesunken. Denn gerade der Augenbereich gilt als verräterisch. So haben Männer oft buschige Augenbrauen, Frauen eher schmale und geschwungene. Zudem ist die Kieferpartie bei Männern oft groß und sie besitzen ein stark ausgeprägtes Kinn. Das Gesicht von Frauen weist hingegen eher eine hohe Stirn und volle Lippen auf. Dieser Unterschied liegt an den Sexualhormonen Testosteron und Östrogen.

Ähnliches lässt sich beim Gang feststellen, denn Männer sind evolutionstechnisch daraufhin angepasst, effektiv laufen zu können. Frauen müssen zwar auch gut laufen können, jedoch muss das Becken auch so geformt sein, dass eine gesunde Geburt möglich ist. Mann und Frau lassen sich also schon allein aufgrund ihres Bewegungsmusters unterscheiden.

Nachdem sich die Geschlechterrollen mittlerweile verändert haben, treten aber auch Frauen hinsichtlich ihrer Körpersprache selbstbewusster auf, was aber wiederum für Widersprüche sorgt – schließlich werden Gesten der Dominanz eher von einem Mann als von einer Frau erwartet.

Warum es schwerfällt, Körpersprache zum Lügen zu bewegen

Ein guter Lügner ist in jedem Fall zugleich auch ein guter Schauspieler. Seine Lüge hat er bereits im Vorfeld detailliert einstudiert, erzählt diese flüssig und wirkt auf sein Gegenüber souverän. Deshalb fällt es dem Gesprächspartner oftmals schwer, eine Lüge als solche zu erkennen.

Hinter der Lüge muss aber nicht einmal eine böse Absicht stecken. Oftmals wird nämlich aus reiner Höflichkeit gelogen. Beispielsweise, wenn eine Frau das Kleid einer Freundin lobt, obwohl diese darin blass wirkt. Andere Menschen tricksen aber auch, weil sie sich einen Vorteil verschaffen oder Konflikte vermeiden möchten. Es gibt auch hier Unterschiede zwischen den Geschlechtern, wie bei einer US-amerikanischen Studie herausgefunden wurde. Demnach lügen Männer bevorzugt über ihr Leben, das Gehalt oder ihre beruflichen Perspektiven. Frauen hingegen geben sich betont freundlich oder verteilen übertrieben wirkende Komplimente.

Den Körper zum Lügen zu bringen, fällt insofern schwer, als dass es kaum jemandem gelingt, auch wirklich alle Mikrosignale, die er aussendet, unter Kontrolle zu halten. Und genau daran erkennt das Gegenüber einen Lügner.

Zu diesem Thema hat der US-amerikanische Psychologe Paul Ekman geforscht. Er kam zu der Erkenntnis, dass Lügner häufig lächeln, weil sie ihre wahren Gefühle verbergen wollen. Das echte Gefühlsleben wird durch Mikroausdrücke offenbart, also durch Gesichtsausdrücke, die nur für Sekundenbruchteile sichtbar sind. Diese Emotionen will ein Heuchler in aller Regel mit einem künstlichen Lächeln verstecken, was aber nichts bringt, weil nur der Mund lächelt, nicht aber die Augen.

Lügner verraten sich auch durch ein geändertes Verhalten. Wird jemand bei einem bestimmten Thema plötzlich lauter oder leiser, lächelt er oder setzt sich anders hin, kann dies möglicherweise ein Hinweis auf eine Lüge sein. Verraten werden Lügner aber auch durch sogenannte Stressanzeichen. Beispielsweise, wenn sie sich wiederholen, mit Verzögerungen sprechen, oft blinzeln oder Denkpausen einlegen.

Auf Basis dieser Veränderungen funktioniert auch der Lügendetektor, den James Mackenzie 1902 erfunden hat: Durch den Lügendetektor werden körperliche Symptome wie Atemfrequenz, Puls und Blutdruck ebenso gemessen wie Änderungen im Hautwiderstand, die sich durch Schwitzen ergeben. Dem Befragten werden zunächst einige unverfängliche Fragen gestellt, um die Normwerte zu ermitteln. Verändern sich die Werte bei kritischen Fragen, gilt das als Hinweis auf eine Lüge. Allerdings lassen sich die Messwerte des Detektors auch bewusst verändern, beispielsweise, indem sich der Befragte auf die Zunge beißt.

Das Wichtigste in Kürze

- ✓ Basisgefühle werden von fast allen Menschen gleich ausgeführt. Dazu gehören Angst, Abscheu, Glück oder Trauer. Derartige Gesten werden somit jederzeit und in nahezu jedem Kulturkreis verstanden.
- ✓ Leute vertrauen in der Regel mehr auf Körpersprache, weil diese tendenziell ehrlich ist, da sie auf unterbewusster Ebene abläuft.
- ✓ Körpersprache kann nicht immer gedeutet werden, weil Körpersprache nicht gleich Körpersprache ist, da Aspekte wie das Geschlecht, der kulturelle Hintergrund und individuelle Faktoren eine Rolle spielen. Auch die Gesamtsituation muss beachtet werden.
- ✓ Man kann Körpersprache manipulieren, was man anhand Personen des öffentlichen Lebens und Schauspielern sieht, da sie lernen, Körpersprache absichtlich lügen zu lassen.

- ✓ Grundlagen des Lesens der Körpersprache ist das aufmerksame Beobachten anderer Menschen und sich grundlegendes Wissen anzueignen.
- ✓ Inkongruente Botschaften sind Botschaften, bei denen das Gesagte und die Körpersprache nicht zusammenpassen. Man kann sie anhand von vier Faktoren erkennen: Tonfall, Art der Formulierung, Gestik und Mimik.
- ✓ Um Emotionen besser zu erkennen, sollte man seinen EQ verbessern. Man kann die Emotionale Intelligenz durch die Schulung der Aufmerksamkeit, das Wahrnehmen und Benennen von Gefühlen und reflektierendes Journaling trainieren.
- ✓ Es gibt in der Körpersprache Unterschiede zwischen Männern und Frauen, die zu Problemen führen. Einige sind anatomisch bedingt, andere basieren auf traditionellen Geschlechterrollen.
- ✓ Aufgrund von nicht kontrollierbaren Mikrosignalen ist es schwerer, die Körpersprache zum Lügen zu bewegen.

Kapitel 7: Lerne die richtige Sprache deines Körpers

Die eigene Körpersprache grundlegend und in allen Lebensbereichen zu verändern, ist recht schwierig. Viele Dinge haben wir uns über Jahre hinweg angeeignet und täglich angewendet, sodass sie so tief in unserem Verhalten verankert sind, dass sie bei jeder sich bietenden Gelegenheit zutage kommen. Dennoch kann man seine Körpersprache in einem gewissen Grad optimieren und so verändern, dass man seine Ausdrucksweise anpasst.

Bessere Kontrolle über die eigene Körpersprache

Der Schlüssel zu einer besseren Körpersprache ist Achtsamkeit. Denn nur mit der nötigen Achtsamkeit kann es dir gelingen, mithilfe deiner Körpersprache deine Wunschwirkung zu erzielen. Das hängt vor allem damit zusammen, dass nur derjenige, der die Signale seines Körpers kennt, an ihnen arbeiten kann. Verbessern lässt sich die Körpersprache mit folgenden Schritten:

✓ Der Blick und die Körpersprache

Der Blick hat in Bezug auf Körpersprache zwei Aufgaben. Zum einen kannst du durch Beobachten deines Gegenübers Dinge sehen, die dir beim unaufmerksamen Zuhören womöglich entgangen wären. Zum anderen ist der Blick ein Aspekt der Körpersprache, der bereits viel bewirken kann. So kannst du durch deinen Blick deine Emotionen deutlicher zum Ausdruck bringen, aber auch dein Gegenüber anhand der Augen ablesen. Dementsprechend kannst du beim direkten Blickkontakt deinen Blick bestmöglich einsetzen, aber auch dein Gegenüber besser einschätzen.

Die konkrete Aufgabe für dich lautet somit: Achte gezielt darauf, deine Emotionen und deine Empfindungen auch über deinen Blick zum Ausdruck zu bringen. Das kannst du am besten überprüfen, indem du dich unauffällig in gewissen Situationen selber beobachtest und dich in der Situation selbst reflektierst. Wenn es dir am Anfang schwerfällt, dabei unauffällig zu sein, kannst du auch erst im Nachhinein reflektieren und dich mit der Zeit steigern. Darüber hinaus solltest du im nächsten Schritt daran arbeiten, den Blickkontakt zu halten. Auch hier gilt die Devise, sich langsam heranzutasten und auf keinen Fall zu starren.

✓ Der gerade Rücken

Enorm wichtig im Gespräch mit anderen ist die eigene Körperhaltung. Rücken und Hals sollten gerade gehalten werden, während die Schultern entspannt sind, denn die eigene Körperhaltung spiegelt die persönliche Einstellung wider. Allerdings sollte sich jeder auch seinen persönlichen Freiraum im Gespräch bewahren. Denn die beste Wirkung auf den Gesprächspartner lässt sich durch die Kombination aus Sicherheit und Natürlichkeit erzielen. Viele Menschen neigen dazu, die Körperhaltung schnell in sich zusammenfallen zu lassen, da ihnen aufrecht stehen irgendwann zu große Mühe bereitet. Allerdings kann eine aufrechte Haltung sehr viel ausmachen. Dadurch wird sich nicht nur dein äußeres Auftreten verändern, sondern auch du wirst dich anders fühlen.

Somit solltest du zukünftig stets überprüfen, ob du eine gerade Haltung angenommen hast oder doch die Schultern nach vorne gekippt sind. Sobald dir auffällt, dass du nicht aufrecht sitzt, stehst oder gehst, solltest du deine Haltung korrigieren. Wenn es dir am Anfang zu viel Mühe bereitet, ständig darauf zu achten, dann kann ich dir einen Haltungstrainer empfehlen. Dabei handelt es sich um einen Gurt, den du täglich etwa drei Stunden tragen musst und der dir dabei hilft, die aufrechte Haltung zu trainieren.

✓ Die Hände sichtbar halten

Bei wichtigen Gesprächen sollten die Hände keinesfalls versteckt werden. Sitzen die Gesprächspartner an einem Tisch, sollten sie auf die Tischplatte gelegt werden. Durch die Hände werden die Gefühle zum Ausdruck gebracht, weshalb sie ganz natürlich bewegt werden sollten.

Einigen fällt es auch schwer, sich zu konzentrieren, wenn die Hände nicht beschäftigt sind. Daraufhin aber mit einem Gegenstand zu spielen, kommt in den meisten Gesprächen nicht gut an.

Auch hier lautet die Aufgabe wieder, dass du deine Handhaltung achtsam beobachten solltest, um sie gegebenenfalls anpassen zu können. Letztendlich hat jeder Mensch eine andere Handhaltung, die für ihn funktioniert. Wenn du es bevorzugst, deine Hände zu beschäftigen, solltest du dir das dringend abgewöhnen.

✓ Übertreibungen sind verboten

Einige Menschen neigen dazu, während des Sprechens wild zu gestikulieren. Dabei kann das richtige Maß an Gesten durchaus unterstützend wirken, aber um seinen Gesprächspartner von etwas zu überzeugen, sollte unbedingt darauf geachtet werden, nicht zu übertreiben. Dementsprechend sind übertriebene Gesten verboten. Auch das ist etwas, was man üben muss, denn sich etwas abzugewöhnen, was man sich jahrelang angeeignet hat, ist meistens eine große Herausforderung. Darüber hinaus sollte darauf geachtet werden, dass beide Gesprächspartner in etwa den gleichen Sprechanteil haben. Dafür gilt die Regel, den zweiten Satz, den man noch gesagt hätte, wegzulassen. Wenn man auf diese Regel achtet, fällt einem meistens auf, dass der Inhalt des zweiten Satzes an sich überflüssig gewesen wäre, da man mit dem ersten Satz bereits alles Wichtige zum Ausdruck gebracht hat.

Warum Körpersprache nicht bei jedem gleich gut ankommt

Die Signale der Körpersprache kommen nicht bei jedem Menschen gleich gut an. Das kann oftmals daran liegen, dass derjenige, der die Signale aussendet, typische Fehler in der Körpersprache macht. Die häufigsten Fehler sind:

✗ Zu viel Bewegung

Dieser Fehler in der Körpersprache lässt sich oft bei Referenten und Rednern feststellen: Sie wollen ihrem Vortrag mithilfe von Bewegung Schwung verleihen. Anfangs mag das vielleicht noch inspirierend für die Zuhörer sein, irgendwann wird es aber anstrengend. Ein unwillkommener Effekt von einem Zuviel an Bewegung besteht darin, dass der Redner nervös und hektisch, statt kompetent und gelassen wirkt.

✗ Das Spiel mit Gegenständen

Bei vielen Gesprächen stellt sich für die Teilnehmer die Frage, wohin sie denn bitte ihre Hände legen sollen. Wer die Antwort nicht kennt, spielt an Gegenständen wie seinem Ehering, der Krawatte oder den Haaren herum. Jedoch gilt in der Körpersprache die Regel, dass der Blick der Bewegung folgt. Das heißt: Spielt jemand während eines Gespräches oder eines Vortrags nervös an etwas herum, folgt der Blick des Gesprächspartners der Bewegung und wird von der eigentlichen Botschaft abgelenkt.

✗ Das Spiel mit den Beinen

Posen, bei denen die Beine verschränkt werden oder ständig das Gewicht von einem Fuß auf den anderen verlagert wird, sollten möglichst vermieden werden. Dies vermittelt dem Gesprächspartner nämlich das Gefühl von Schüchternheit.

✘ Keine hektischen Gesten

Verhält sich der Gesprächspartner während des Gesprächs völlig ruhig und fällt dann mit einer plötzlichen, hektischen Bewegung auf, irritiert das die Gesprächspartner oder die Zuhörer. Zudem ruinieren diese hektischen Bewegungen den souveränen Auftritt.

✘ Die Alpha-Männchen-Pose

So mancher selbstsichere Mensch neigt dazu, sich in Gesprächen und bei Vorträgen richtig breit zu machen: Sie machen ausladende Gesten, halten ihre Handflächen stets nach unten und winken während des Gesprächs auch stets nach unten ab. Diese Geste wirkt herablassend und hat nur zur Folge, dass der Gesprächspartner oder das Publikum irgendwann aussteigen.

✘ Der ausgestreckte Zeigefinger

Wer seinem Gegenüber während des Gesprächs stets den Zeigefinger entgegen streckt, wie es beispielsweise der ehemalige US-Präsident Donald Trump gern bei seinen Reden macht, vermittelt dem Gegenüber eine geringere Wertschätzung. Der Gesprächspartner wird also in eine unangenehme Situation gebracht.

Charismatischer werden aufgrund der Körperhaltung

Charismatische Menschen zeichnen sich dadurch aus, dass sie eine ganz besondere Ausstrahlungskraft besitzen. Deshalb wirken sie auf andere Menschen sympathischer und vertrauensvoller, weshalb sie in der Regel auch mehr Erfolg im Leben haben. Ein charismatischer Mensch ist von sich selbst überzeugt, weshalb er auch in der Lage ist, seine Eigenschaften und Fähigkeiten optimal einzusetzen. Charismatiker weisen ferner eine besondere Begabung in der Rhetorik auf.

In der Vergangenheit ging man davon aus, dass Charisma angeboren ist. Mehr Charisma zu bekommen, lässt sich jedoch erlernen. Zumindest lässt sich diese Ausstrahlung dann einsetzen, wenn sie auch benötigt wird. Folgende Faktoren tragen dazu bei, mehr Charisma zu bekommen:

- **Das Selbstvertrauen**
  Wer charismatischer werden möchte, sollte im ersten Schritt an seinem Selbstbewusstsein arbeiten. Dieses ist nämlich der Grundstein für Charisma. Besitzt ein Mensch zu wenig Selbstbewusstsein, wird es ihm kaum gelingen, offen auf andere Menschen zuzugehen. Wichtig für ein Mehr an Selbstbewusstsein ist, dass der Mensch sich so akzeptiert und liebt, wie er ist.

- **Die Kleidung**
  Männer, die einen Anzug tragen, wirken seriöser als Männer, die in Jeans und T-Shirt erscheinen. Mittlerweile ist erwiesen, dass es auch positive Folgen für die Psyche hat, wenn ein Mann einen Anzug trägt. Allerdings sollte die Authentizität nicht unter der Kleidung leiden.

- **Der Blickkontakt**
  Menschen, die während eines Gesprächs stets Blickkontakt zum Gegenüber halten, wirken ehrlicher, was ansprechend wirkt. Zudem werden die Aussagen besser angenommen. Somit führt dieser Blickkontakt automatisch dazu, dass derjenige eine bessere Ausstrahlung hat.

- **Das Eingehen von Risiken**
  Hat ein Mensch ein Problem damit, über seinen eigenen Schatten zu springen, dürfte es auch mit seiner positiven Ausstrahlung hapern. Denn wirklich mitreißend und inspirierend sind nur Menschen, die auch mal ein Risiko eingehen.

Sympathie durch die Körpersprache ausdrücken

Jeder Mensch trifft tagtäglich eine Vielzahl von anderen Menschen. Einige von ihnen wirken sympathisch, andere unsympathisch, was einen großen Zusammenhang mit der Körpersprache hat. Ob jemand einen anderen Menschen sympathisch findet oder nicht, entscheidet sich bereits in den ersten 30 Sekunden des Zusammentreffens. Ist Sympathie gegeben, werden in den nächsten Minuten das Verhalten, die Optik und die Körpersprache näher unter die Lupe genommen, um ein Gesamtergebnis zu erzielen. Es gibt sehr wohl Möglichkeiten, mit dem bewussten Einsatz der Körpersprache auf andere sympathisch zu wirken:

✓ Das Lächeln

Ein echtes Lächeln, bei dem Mund und Auge zusammenspielen, wird von jedem Menschen überall auf der Welt als positiv betrachtet. Ein herzliches Lächeln lässt sich daran erkennen, dass der Mund breit nach oben gezogen ist und die Augen verengt sind. Allerdings sollte es dabei nicht künstlich, gestellt oder gequält aussehen, sondern ehrlich rüberkommen. Das bedeutet auch, wenn du nicht dein gesamtes Gesicht beim Lachen verziehst, sondern eher zum Schmunzeln neigst, ist das absolut in Ordnung.

✓ Der Blickkontakt

Der Blickkontakt ist, wie bereits mehrfach erwähnt, relevant im guten Miteinander. Dabei sollte dieser möglichst gehalten werden, kann jedoch durchaus zwischendurch abschweifen. Besteht beim Blickkontakt Sympathie, zeigt sich das auch mit mimischen Gesten rund um den Mund und die Augen. Diese Signale werden automatisch ausgesendet, wenn man sich einem Menschen gegenübersieht, der Empathie auslöst. Somit strahlt ein Mensch dann insgesamt wohlwollende und freundliche Signale aus.

✓ Die Stimme

Ein sanfter Klang der Stimme erzeugt bei anderen Menschen positive Gefühle und Wohlbehagen. Idealerweise sollte auch der Gesichtsausdruck positiv sein, weil die Stimme dadurch weicher wird und einen warmen Unterton enthält. Allerdings ist es nur bedingt möglich, an seiner Stimme Veränderungen zu bewirken. Dennoch kann man durchaus daran arbeiten, dass die Stimmlage höher oder tiefer wird oder die Betonung verändert wird.

✓ Große Pupillen

Auf positive Gefühle reagieren Menschen unbewusst dadurch, dass sich ihre Pupillen vergrößern. Jedoch kann man diesen Einfluss im Normalfall nicht aktiv beeinflussen, sodass es eine automatische Reaktion des Körpers ist, die sich einstellt, wenn man positiv empfindet.

✓ Die Nähe

Jeder Mensch besitzt eine sogenannte Intimzone. Kommt ihm ein anderer zu nahe, fühlt er sich unbehaglich und unwohl. Anders ist es, wenn jemand einen anderen Menschen mag. In diesem Fall wird die Nähe des anderen gesucht. Das wurde bereits bei dem Thema der Distanzzonen genauer behandelt. Auch hier gilt wieder: Jeder Mensch hat ein unterschiedliches Empfinden von Nähe und Distanz und man sollte nicht von sich auf andere schließen. Deswegen sollte man sich individuell an jeden Mitmenschen anpassen und das jeweilige Empfinden respektieren.

✓ Die Körperhaltung

Bezüglich der Körperhaltung wird zwischen drei Grundhaltungen unterschieden. Bei der sogenannten Ich-Haltung neigt sich der Oberkörper nach hinten, hält sich ein Mensch gerade, ist die Körperhaltung neutral. Des Weiteren gibt es die Du-Haltung, bei welcher Oberkörper und Beine dem Gesprächspartner zugeneigt sind und nach vorne weisen. Je nachdem mit wem man sich auseinandersetzt und wie man rüberkommen möchte, sollte man darauf achten.

✓ Der Körperkontakt

Körperkontakt ist seit jeher wichtig für unser Dasein und Fortbestehen. Je nachdem, welche Beziehung zwischen zwei Individuen besteht, wird mehr Körperkontakt gesucht oder weniger. Auch das hängt in erster Linie mit der jeweiligen Distanzzone zusammen. Wenn man sich nähersteht, ist mehr Körperkontakt angebracht, wenn man sich nahezu gar nicht kennt, dann sollte man eher Abstand halten. Wer zu schnell zu viel Körperkontakt sucht, kann bei anderen Menschen komisch rüberkommen und übergriffig wirken, wenn das Gegenüber gar nicht so ist.

Davon abgesehen gibt es durchaus Menschen, die auch bei einem lange bestehenden oder intensiven Kontakt nur schwer Körperkontakt zulassen können. Somit sollte man auch hier nicht von sich auf andere schließen und am einfachsten ist es, wenn man sein Gegenüber spiegelt, sobald man sich unsicher ist. Wenn man selber die Person ist, die sich durch den Körperkontakt des Gegenübers unwohl fühlt, sollte man dies durchaus ansprechen, da sonst die Beziehung gestört werden kann.

Tipps für eine authentische Körpersprache

Die Körpersprache spielt auch in verbalen Kommunikationen eine äußerst wichtige Rolle. Um eine authentische Körpersprache zu erlernen, sind folgende Übungen hilfreich:

▸ Die gerade Haltung

Nichts ist unattraktiver und unglaubwürdiger, als wenn der Gesprächspartner in einer zusammengefallenen Haltung geht, sitzt oder steht. Eine gute Körperhaltung lässt sich beispielsweise mit folgender Haltung antrainieren: Der Betreffende, der seine Haltung verbessern möchte, stellt sich jedes Mal, wenn er durch eine Tür hindurch geht vor, er sei ein Iron Jaw Artist. Das sind Artisten, die in ein Seil beißen, sich damit nach oben ziehen lassen und durch die Luft schweben. Beim Durchqueren der Tür stellen sich die Betreffenden vor, sie würden für kurze Zeit an dem Seil hängen und spüren dabei, wie der Körper nach oben gezogen wird. Damit erreichen sie die perfekte Körperhaltung. Außerdem gibt es spezielle Haltungstrainer, die man sich für das tägliche Haltungstraining zulegen kann.

▸ Regelmäßig das Fitness-Center besuchen

Das Training im Fitnesscenter, das in vielen Studios bereits rund um die Uhr möglich ist, sorgt für eine ausgeglichene Muskulatur, was sich auch positiv auf das Selbstbewusstsein auswirkt. Ein weiterer positiver Effekt ist, dass das Training auch positive Auswirkungen auf die Gesundheit hat. Durch das Training und die daraus resultierenden Muskeln, wird sich deine Körperhaltung automatisch verändern.

▸ Den eigenen Platz beanspruchen

Ein selbstbewusster Mensch nimmt sich den Platz, den er braucht. Das bedeutet, dass man sich nicht unterordnet und klein macht, sondern sich den Platz nimmt, der angemessen ist, ohne rücksichtslos anderen gegenüber zu sein. Wer aufrecht und selbstbewusst auftritt, wird automatisch beim Einnehmen anderer Positionen darauf achten.

▸ Slow Motion

Hektische Bewegungen sollten tabu sein. Wer sich langsam bewegt, zeigt damit, dass er seinen Körper unter Kontrolle hat und wirkt auf Außenstehende ruhig. Außerdem wirkt man dadurch als hätte man sein Leben eher im Griff, da bei schnellen, hektischen Bewegungen schnell der Eindruck von Nervosität aufkommt.

Die neue Körpersprache beibehalten

Wenn man sich etwas Neues angeeignet hat, kann es in manchen Situationen schwerfallen, dieses Neue beizubehalten. Vor allem, wenn man unter Stress steht oder sich einschüchternden Personen gegenübersieht. Um in diesen Situationen dennoch die neu erlernte Körpersprache zum Ausdruck zu bringen, sollte diese verinnerlicht werden. Denn nur dann, wenn du vollständig hinter der Veränderung stehst, wirst du sie auch beibehalten können – in Situationen, die dir unangenehm sind und in denen du dich unwohl fühlst. Wenn dein Chef einschüchternd auf dich wirkt oder eine andere Person diese Gefühle in dir auslöst, solltest du dir immer bewusst machen, wo deine Stärken liegen, sodass du durch dein Inneres dein Äußeres pushst und umgekehrt.

Zudem solltest du dir bewusst machen, dass das einschüchternde Verhalten eines anderen Menschen reines Machtgehabe ist, von dem du dich nicht beirren lassen solltest. Letztendlich ist es am wichtigsten, dass du zu dir selbst stehst und vor allem für dich selbst einstehst, sodass du deine eigenen Interessen primär vertrittst – dafür ist eine gute Körpersprache von Vorteil.

Um zu verhindern, in alte Verhaltensmuster zurückzufallen, können bestimmte Situationen im Vorfeld geübt werden. Entweder spielt man das Ganze theoretisch mit sich selbst vor einem Spiegel durch oder sucht sich eine Person, mit der man übt. Wenn man jemanden kennt, der ähnlich auftritt, kann man auch diese Person fragen.

Das Wichtigste in Kürze

- ✓ Der Schlüssel zur besseren Körpersprache ist Achtsamkeit. Nur derjenige, der die Signale seines Körpers kennt, kann mit ihnen arbeiten.
- ✓ Der Blick dient zur Beobachtung und zum Lernen. Außerdem kann der Blick seinem Gegenüber viel mitteilen.
- ✓ Achte gezielt darauf, deine Emotionen und deine Empfindungen auch über deinen Blick zum Ausdruck zu bringen. Am einfachsten ist es, wenn du dich in gewissen Situationen beobachtest.
- ✓ Rücken und Hals sollten gerade gehalten werden, während die Schultern entspannt sind. Die beste Wirkung auf den Gesprächspartner lässt sich durch die Kombination aus Sicherheit und Natürlichkeit erzielen.

- ✓ Die Hände sollten nicht versteckt werden, da sie Gefühle zum Ausdruck bringen. Dementsprechend sollten sie natürlich bewegt werden und nicht mit einem Gegenstand beschäftigt sein.

- ✓ Das richtige Maß an Gesten wirkt durchaus unterstützend, aber um seinen Gesprächspartner von etwas zu überzeugen, sollte unbedingt darauf geachtet werden, nicht zu übertreiben.

- ✓ Fehler der Körpersprache sind zu viel Bewegung, das Herumspielen mit Gegenständen, die Beine nicht ruhig halten zu können, zu hektisch zu gestikulieren, sich aufzuspielen und den Zeigefinger auszustrecken.

- ✓ Charisma kann durch ein gesteigertes Selbstvertrauen, die entsprechende Kleidung, den richtigen Blickkontakt und das Eingehen von Risiken erlangt werden.

- ✓ Sympathie wird durch das Lächeln, den Blickkontakt, die Stimme, große Pupillen, dem richtigen Maß an Nähe und Distanz, die Körperhaltung und den Körperkontakt aufgebaut.

- ✓ Um sich authentische Körpersprache anzueignen, kann man sich einen Haltungstrainer zulegen, Muskeln aufbauen und man sollte ruhig handeln.

- ✓ Die Körpersprache auch in unangenehmen Situationen beizubehalten ist einfacher, wenn man es verinnerlicht hat und sich vorbereitet.

Kapitel 8: Kulturelle Unterschiede

Natürlich gibt es Signale der Körpersprache, die weltweit überall gleich verstanden werden. Dazu gehören ein ehrliches Lächeln, aber auch starke Emotionen wie Freude, Trauer, Wut, Angst, Ekel und Überraschung. Treffen Menschen aus unterschiedlichen Kulturkreisen aufeinander, kann es dennoch zu körpersprachlichen Missverständnissen kommen, einfach weil die Signale des Körpers anders interpretiert werden. Dementsprechend soll es in diesem Kapitel um kulturelle Unterschiede der Körpersprache gehen, um einen besseren Überblick zu bekommen.

Der Blick

Menschen unterschiedlicher Kulturen nehmen unterschiedliche Partien des Gesichts als Anhaltspunkt für das Erkennen von Emotionen. Allerdings ist dabei wichtig, dass Westeuropäer dabei vor allem auf die Mundpartie achten, wohingegen Asiaten die Augenpartie als Indiz sehen. Das wiederum erklärt auch, warum Augen von Manga- und Animefiguren immer besonders groß sind. Allerdings führt diese unterschiedliche Vorgehensweise auch dazu, dass es Asiaten schwerfällt, Emotionen von Westeuropäern einwandfrei deuten zu können.

Die Distanz

Vor allem in Deutschland sind wir eher distanziert anderen Menschen gegenüber und vermeiden zu viel körperlichen Kontakt mit anderen Menschen. Befinden wir uns in der Bahn, senken wir am besten den Blick, um ja niemanden ansehen zu müssen, der uns unbekannt ist.

In Lateinamerika ist die Distanz deutlich geringer und wird durchaus auch bei Fremden nicht als unangenehm empfunden. So haben sie auch engere Familienverhältnisse.

Der Schritt zurück, wenn jemand auf einen zutritt, wird im arabischen Raum als unhöflich empfunden. Im Gegensatz dazu ist der öffentliche Ausdruck körperlichen Kontakts in islamisch geprägten Ländern unangebracht.

Die linke Hand

Bei uns ist es in der Regel egal, welche Hand wir jemandem zur Begrüßung reichen – wird entscheiden je nachdem, welche Hand unsere starke ist. In China oder im Orient ist das Geben der linken Hand jedoch eine Beleidigung, da sie als unrein gilt. Auch das Zeigen der Schuhsohle gilt hier als Beleidigung und sollte vermieden werden.

In Russland wird das Händeschütteln als Sitte des Landes angesehen und ist somit ein Muss. In England reicht ein einfacher Druck der Hand zur Begrüßung. Außerdem wird in Japan das Schütteln der Hand als übergriffig angesehen, sodass dort die Begrüßung mit einer Verbeugung stattfindet.

Die Position der Beine

Das Überschlagen der Beine gilt mittlerweile auch bei Männern als eine akzeptierte Position der Beine. Das Ablegen des Knöchels des einen Beins über das Knie des anderen hingegen wird meist als arrogant und Zeichen der Überlegenheit gewertet. In Amerika wird das Überschlagen der Beine jedoch als eher unmännlich angesehen und das Positionieren des Knöchels auf dem anderen Bein als lässig.

Der Blickkontakt

In Europa wird das Halten des Blickes als Zeichen der Höflichkeit und Aufmerksamkeit gedeutet, wohingegen im asiatischen Raum mit dem Gegenteil der Respekt zum Ausdruck gebracht wird. In Ländern wie Japan und Finnland wird Kindern gezielt beigebracht, den Blick abzuwenden, da dieser als nicht angenehm empfunden wird.

Der Finger an der Stirn

In Deutschland wird das mit dem Finger an die Stirn Tippen als Zeichen gedeutet, dass jemand nicht ganz richtig im Kopf ist. Man sagt oft, dass man einen Vogel hat. Im Gegensatz dazu gilt es bei den US-Amerikanern als Zeichen, dass man nachdenkt und besonders clever ist.

Grüßen

In Deutschland würde man jemanden grüßen, indem man winkt oder mit dem Kopf nickt. Auf den Philippinen hingegen sagt man „Hallo" durch das Hochziehen der Augenbrauen. Auch die Begrüßung Tibets unterscheidet sich von der deutschen. So streckt man dort seine Zunge heraus, was man hier als Geste der Frechheit einstufen würde.

Die Bewegung des Kopfes

Ein Kopfschütteln bedeutet nein, ein hoch und runter Bewegen des Kopfes ja. Allerdings bringt man in Ländern wie Bulgarien oder Indien das Gegenteil mit diesen Bewegungen zum Ausdruck.

Wenn man im vorderen Orient zustimmend reagieren möchte, bewegt man seinen Kopf nach unten, wenn man ablehnt nach oben. Im Gegensatz dazu wird die Bewegung des Kopfes von rechts nach links in Asien als Zustimmung verstanden.

In Äthiopien bringt man ein Ja zum Ausdruck, indem man den Kopf nach hinten wirft.

Daumen hoch

Womit hier Zustimmung oder Lob ausgedrückt wird, beleidigt man in anderen Ländern Menschen. Den Daumen nach oben zu strecken wird in Australien oder im Iran als Beleidigung aufgefasst. Darüber hinaus steht diese Geste in China oder Indonesien für eine Zahl, nämlich die 5 oder 6.

Peace Zeichen

Das Bilden des V bestehend aus Zeige- und Mittelfinger, steht meistens für Frieden. Außerdem kann man dadurch die Zahl Zwei zum Ausdruck bringen. In Australien, England, Irland und Neuseeland wird das Zeichen jedoch wie ein Mittelfinger verstanden, bedeutet also so viel wie „verpiss dich".

Die Hörner aufsetzen

Eine weitere Geste, die in unterschiedlichen Kulturen unterschiedlich verstanden wird, ist das Faustbilden und anschließende Ausstrecken von Zeigefinger und kleinem Finger. Beim Heavy Metal wird das Zeichen zur Verdeutlichung des Zusammenhalts und Identifizierung zur Szene genutzt. Im US-Amerikanischen Raum wird es in der Gebärdensprache ergänzend mit einem abgespritzten Daumen dazu genutzt, auszudrücken, dass man jemanden liebt.

In Italien wird diese Geste als vulgär und Beleidigung aufgefasst, da dadurch angedeutet wird, dass man betrogen wird. Man setzt seinem Gegenüber die Hörner auf, was auf eine Sage zurückzuführen ist.

Im tibetischen Buddhismus ist es wiederum so, dass mit diesem Zeichen Dämonen ferngehalten werden, sodass einige Statuen hinduistischer Gottheiten diese Handhaltung eingenommen haben.

Das Telefon

Um jemanden mithilfe einer Geste zu signalisieren, dass man telefonieren sollte, wird das Abspreizen des Daumens und des kleinen Fingers genutzt, meist unterstützt von dem Führen dieser Geste zum Ohr. Auch in Amerika wird diese Geste genauso verstanden. Jedoch wird in Italien darin die Aufforderung zum gemeinsamen Trinken verstanden und auf Hawaii handelt es sich dabei um einen Surfergruß.

Anhand dieses kurzen Überblicks wird bereits deutlich, wie ganz selbstverständliche Gesten in der eigenen Kultur in anderen Kulturen komplett missverstanden werden können. Das bedeutet jedoch nicht, dass man alle auswendig lernen muss, bevor man ein unbekanntes Land bereist, stattdessen sollte man sich eher darüber bewusst sein und sich einen Überblick über die relevantesten Gesten des Landes, das man bereisen möchte, machen.

Kapitel 9: Der Weg zur verbesserten Körpersprache

Zum Abschluss dieses Buches, soll es im Folgenden darum gehen, wie du mithilfe einfacher Tipps und Tricks deine Körpersprache optimieren kannst. Außerdem soll es dir ebenfalls dabei helfen, dass du nicht in alte Muster verfällst, sondern Stück für Stück zu einer verbesserten Körpersprache findest.

Einfach zur verbesserten Körpersprache

Das Ändern seiner bisherigen Körpersprache und Aneignen einer neuen ist eine echte Herausforderung. Man hat sich schließlich über Jahre hinweg an etwas gewöhnt und es so verinnerlicht, dass das Aneignen von etwas Neuem deutlich schwerer fallen wird. Damit dir der Einstieg besser gelingt, werde ich dir an dieser Stelle Tipps und Tricks mitgeben:

Nichts geht über Beobachten

Es klingt simpel, aber das Wichtigste bei dem Erlernen einer neuen Körpersprache ist das Beobachten der aktuellen Körpersprache. Dazu zählt nicht nur das Anschauen im Spiegel, sondern auch das permanente Reflektieren seines Auftretens. Frage dich von nun an in jeder Situation, in der du eine Veränderung in deiner Körpersprache herbeiführen möchtest, ob du mit deiner Haltung den erwünschten Effekt erzielen wirst. Am Anfang erfordert es etwas Übung und ständige Erinnerung, aber mit der Zeit wird der Prozess automatisch geschehen, bis du dich so oft überprüft und korrigiert hast, dass es dir ins Blut übergegangen ist.

Fange klein an

Kein Veränderungsprozess geschieht über Nacht. Dementsprechend beginne mit einem kleinen Aspekt deiner Körpersprache, den du verändern möchtest und arbeite dich dann Stück für Stück durch jeden

Bereich, bis du deinen gewünschten Effekt in jeder Lebenslage erfüllst. Wenn du direkt von 0 auf 100 gehen möchtest, wird es dir nur schwer gelingen, die Veränderungen langfristig beizubehalten und du wirst dich schnell überfordert fühlen.

Frage deine Mitmenschen

Vor allem deine Mitmenschen können dir sagen, wie du auf andere Menschen wirkst – somit also, was deine Körpersprache anderen vermittelt. Wenn du dir mit dem Beobachten nicht sicher bist oder ob deine Veränderung deiner Körpersprache wirklich das zum Ausdruck bringt, was du beabsichtigst, kannst du andere Menschen fragen. Dabei muss die Frage nicht direkt darauf hindeuten, was du möchtest, sondern kann auch indirekt gestellt sein. Sie könnte lauten: „Erreiche ich so, dass ich bei dem Meeting ernst genommen werde?" oder „Wie fandest du meine Präsentation?"

Kontrolliere deinen Fortschritt

Damit du einen besseren Überblick in Bezug auf deinen Fortschritt hast, solltest du diesen dokumentieren. Dafür solltest du dir Ziele setzen und dann Schritte festlegen, wie du diese misst und wie du dahin gelangst. Außerdem solltest du eine Übersicht haben, ob du jeden Tag deine Körpersprache beobachtet und an ihr gearbeitet hast.

Bleibe authentisch

Dir ist nicht geholfen, wenn du dir eine Körpersprache aneignest, die dir kein Mensch abkauft und die einfach nicht passend rüberkommt. Nicht jeder körpersprachliche Ansatz ergibt in jeder Situation und bei jeder Person Sinn. Man muss immer reflektieren, was in der Situation angemessen ist und was am besten zum Gegenüber passt.

Wie du nicht wieder in alte Muster verfällst

Weil die Körpersprache durch das Unterbewusstsein gesteuert wird, ist die Gefahr natürlich groß, dass man leicht in alte Verhaltensmuster zurückfällt, sobald man sich erst einmal eine neue Körpersprache antrainiert hat. Als effektives Mittel, um dieser Entwicklung entgegenzusteuern, ist Mentaltraining.

Das heißt: Man nimmt sich morgens nach dem Aufstehen einige Minuten Zeit und stellt sich vor, dass man den ganzen Tag über eine aufrechte Haltung einnimmt. Idealerweise macht man dies in einem abgeschlossenen Raum und schließt dabei die Augen. Hierbei handelt es sich um eine Form der Autosuggestion. Die betreffenden Personen wirken damit direkt auf ihr Unterbewusstsein ein und lenken es in die gewünschte Richtung. Dies wird auch in der Hypnosetherapie erfolgreich angewendet. Außerdem kannst du dieses Vorgehen auf jeden Aspekt der Körpersprache übertragen.

9 Tipps für den optimalen ersten Eindruck

Ganz gleich, ob im privaten Umfeld oder im Berufsleben: Bei jedem Treffen mit Fremden zählt der erste Eindruck. Und der erste Eindruck hängt in hohem Maße von der Körpersprache ab, die ein Mensch an den Tag legt. Ist der erste Eindruck einmal entstanden, gibt es keine zweite Chance beziehungsweise ist es sehr schwierig, einen schlechten ersten Eindruck ins Positive umzukehren. Jedoch gibt es einige sehr effektive Tipps, die das Kennenlernen erheblich erleichtern.

✓ Der Glauben an die eigenen Argumente

Seine eigenen Argumente überzeugend vorbringen kann jemand nur, wenn er auch selbst an sie glaubt. Heuchelt der Gesprächspartner dagegen Optimismus und Begeisterung vor, fällt dem Gesprächspartner die Diskrepanz zwischen den Worten und der Körpersprache mit Sicherheit auf.

✓ Andere mit Gesten gewinnen

Die Aussagen im Gespräch lassen sich mit den passenden Gesten optimal unterstreichen. Dadurch visualisiert der Sprecher seine Inhalte und wirkt damit authentisch. Er wird ernst genommen und für kompetent gehalten, denn die passenden Gesten verleihen dem Gesagten auch den entsprechenden Nachdruck. Allerdings sollte der Redner beachten, die Oberarme während des Gestikulierens stets eng am Oberkörper zu halten.

✓ Das ehrliche Lächeln

Mit einem Lächeln auf den Lippen wirkt jeder sofort sympathisch und freundlich. Darüber hinaus kann er eine Situation auflockern und hinterlässt bei seinen Gesprächspartnern einen positiven Eindruck. Jedoch muss er darauf achten, dass das Lächeln ehrlich gemeint ist und nicht nur die Lippen, sondern auch die Augen lachen.

✓ Der Blickkontakt

Ungemein wichtig ist in einem Gespräch der Blickkontakt zum Gesprächspartner. Wer den Blicken des Gegenübers ausweicht, wirkt nämlich unsicher oder sogar unehrlich. Auch die Aufmerksamkeit des Gesprächspartners bleibt durch den Blickkontakt erhalten.

✓ Warum der Bauchnabel wichtig ist

Wer mit jemandem spricht, sollte darauf achten, dass sein Bauchnabel auf den Gesprächspartner zeigt. Ist das nicht der Fall, könnte dieser das als Desinteresse werten. Hier geht es vielmehr darum, sich offen zu präsentieren und sich dem Gesprächspartner zuzuwenden.

✓ Die richtige Sitzposition

Auf dem Stuhl sollte jeder die Position einnehmen, in der er souverän wirkt. Sitzt jemand nämlich mit gerader Körperhaltung auf der Stuhlkante, drückt er damit aus, dass er unsicher ist. Aber auch eine zu legere Sitzhaltung sollte vermieden werden, weil diese arrogant wirkt.

✓ Keine Übertreibungen

Keinesfalls sollten die Signale des Körpers übertrieben werden, weil damit nur der gegenteilige Effekt erreicht wird. Die gewünschte Wirkung wird sehr viel besser erreicht, wenn wenige Signale richtig platziert werden.

✓ Das richtige Maß an Zustimmung

Wenn man anderen Menschen eine Geschichte schildert, erwartet man häufig eine Reaktion zu sehen, damit man weiß, dass sein Gegenüber einem auch wirklich zuhört. Die Zustimmung kann dabei in einem Kopfnicken oder einem „Mhm" zum Ausdruck gebracht werden. Dabei sollte man jedoch darauf achten, nicht zu übertreiben, aber auch nicht zu wenig Zustimmung zu zeigen.

✓ Anpassen an die Körpersprache des Gegenübers

Um sicherzugehen, dass man jemandem nicht zu nahe tritt oder generell durch seine Körpersprache einen Eindruck erweckt, den man nicht erwecken wollte, sollte man sich im Zweifelsfall immer an seinem Gegenüber orientieren und sich daran anpassen.

All diese Tipps können mithilfe von Mentalübungen relativ einfach umgesetzt werden. Man sollte sich also dahingehend auf die Gesprächssituation vorbereiten, dass man sich im Vorfeld vorstellt, wie man agieren und reagieren wird.

Das Wichtigste in Kürze

- ✓ Um seine Körpersprache zu verbessern, sollte man sich zunächst aktiv beobachten, außerdem sollte man mit kleinen Veränderungen beginnen, frage deine Mitmenschen, kontrolliere deinen Fortschritt und bei allem darfst du nicht vergessen, authentisch zu bleiben.

- ✓ Mentaltraining hilft dabei, nicht wieder in alte Muster zu verfallen. Dementsprechend stellt man sich die Situation vor.

- ✓ Für den optimalen ersten Eindruck sollte man an die eigenen Argumente glauben, damit sie überzeugend sind und es nicht so rüberkommt, als würde man heucheln, sobald die Diskrepanz deutlich wird.

- ✓ Gewinnende Gesten sind unterstützende Gesten, die dem Gesagten den entsprechenden Nachdruck und Überzeugungskraft verleihen.

- ✓ Außerdem ist es wichtig, ehrlich zu lächeln, den Blickkontakt zu halten und sich offen anderen Menschen gegenüber zu präsentieren.

- ✓ Die Sitzposition ist ebenfalls nicht unwichtig. Am wichtigsten ist es, mit der Körpersprache nicht zu übertreiben. Darüber hinaus spielen das richtige Maß an Zustimmung und das Anpassen der Körpersprache an sein Gegenüber eine Rolle.

Kapitel 10: Fragen und Antworten

Du hast bereits einen umfassenden Einblick in die Welt der Körpersprache mit all ihren Facetten bekommen. Dennoch können noch Fragen offen sein, da jeder das Bedürfnis hat, andere Aspekte behandelt zu haben. Dementsprechend findest du an dieser Stelle noch einige wichtige Fragen und Antworten.

Was ist das richtige Maß an Körpersprache?

Diese Frage ist nicht so leicht zu beantworten. Denn welches Maß an Körpersprache angebracht ist, hängt stark von der jeweiligen Situation ab. Das muss der Betreffende vor Ort also im Grunde selbst entscheiden. Mit einer zu dezent eingesetzten Körpersprache wirkt er zu schüchtern, eine zu ausladende Körpersprache hingegen wirkt zu aufgesetzt und somit unglaubwürdig. Beides sollte in jedem Fall vermieden werden.

Warum kommt es zu Missverständnissen in der Körpersprache?

Dass es hinsichtlich der Körpersprache immer wieder zu Missverständnissen kommt, lässt sich wohl kaum vermeiden. Denn Frauen senden andere – und vor allem subtilere – Signale aus, als Männer. Noch schwieriger wird es, wenn sich zwei Gesprächspartner aus unterschiedlichen Kulturkreisen gegenüberstehen. Ein Signal, das in einem Kulturkreis positiv bewertet wird, kann nämlich in einem anderen negativ aufgefasst werden. Missverständnisse sind in diesem Fall also regelrecht vorprogrammiert.

Welche Gefahren können bei der Deutung der Körpersprache auftreten?

Die wohl größte Gefahr bei der Deutung der Körpersprache besteht in der Missinterpretation. Um die Körpersprache seines Gegenübers richtig deuten zu können, müsste nämlich seine Gesamtsituation in Betracht gezogen werden. So wird sich ein Gesprächspartner, der im Privatleben Probleme hat, völlig anders verhalten als ein Mensch, der sich gerade erst frisch verliebt hat.

Lässt sich Körpersprache erlernen?

Die Körpersprache völlig unter Kontrolle zu haben ist für die meisten Menschen schlichtweg unmöglich. Das liegt daran, dass der Körper auch sogenannte Mikrosignale aussendet, die nur für Bruchteile von Sekunden sichtbar sind, von einem aufmerksamen Beobachter aber sehr wohl wahrgenommen werden können. Diese lassen sich nicht kontrollieren, weil sie komplett vom Unterbewusstsein gesteuert werden.

Schlusswort

Beginne damit, aktiv an deiner Körpersprache zu arbeiten und sie in jeder Lebenslage unterstützend zu nutzen. Du wirst merken, wie sich dadurch auch weitere Lebensbereiche verändern werden und du deinem Leben einen positiven Push geben kannst.

Wenn dir dieses Buch gefallen und geholfen hat, dann würde ich mich sehr über dein Feedback freuen. So kannst du anderen Menschen ebenfalls dabei helfen, dass sie die Körpersprache für sich entdecken.

Gehe dazu auf

www.amazon.de/ryp

und hinterlasse eine Rezension – du kannst das in 2 Minuten erledigen und hilfst mir und anderen zukünftigen Körpersprachlern dadurch enorm weiter.

Viel Spaß und viel Erfolg

Johannes Lichtenberg

Weitere Werke von KR Publishing

ALLGEMEINWISSEN trainieren

- Frederik Holm -

In diesem Buch erfährst du:

- ✓ Warum Allgemeinwissen so wichtig ist.
- ✓ Wie du Allgemeinwissen am besten und leichtesten lernen und behalten kannst.
- ✓ Umfassendes Allgemeinwissen zu 16 verschiedenen Themen.

Und noch Vieles mehr!

EINSERKANDIDAT

Stressfrei zur Bestnote

- Frederik Holm -

In diesem Buch erfährst du:

- ✓ Wie du mit genialen Lerntechniken endlich das Lernen lernst.
- ✓ Wie du stressfrei Bestnoten schreiben kannst.
- ✓ Wie du vom Aufschieber zum Lernprofi wirst.

Und noch Vieles mehr!

STOIZISMUS

- Johannes Lichtenberg -

In diesem Buch erfährst du:

- ✓ Wie du zum Fels in der Brandung wirst und jede Situation meisterst.
- ✓ Wie du die unerschütterliche Gelassenheit eines Mönchs erlangst.
- ✓ Wie du resistent gegen Stress wirst und dich nie wieder aufregst.

Und noch Vieles mehr!

Konfliktfrei durch
Gewaltfreie Kommunikation

- Johannes Lichtenberg -

In diesem Buch erfährst du:

- ✓ Wie du Konflikte gewaltfrei löst.
- ✓ Wie du eine Beziehungen langfristig verbessern kannst.
- ✓ Wie du deine Gesprächspartner unbemerkt analysieren kannst.

Und noch Vieles mehr!

ESSENTIALISMUS

- Johannes Lichtenberg -

In diesem Buch erfährst du:

- ✓ Wie du täglich Zeit dazu gewinnst, wenn du dein Leben auf das Essentielle reduzierst.
- ✓ Wie du mental aufgeräumter wirst und so zu mehr Klarheit gelangst.
- ✓ Wie du durch Weniger im Leben, stressfreier und besser lebst.

Und noch Vieles mehr!

Die Klartraum Methode

- Paula Weinbach -

In diesem Buch erfährst du:

- ✓ Wie du jeden Tag zusätzlich einige Stunden an wertvoller Zeit gewinnst.
- ✓ Wie du dein Unterbewusstsein erforschen und programmieren kannst.
- ✓ Wie du komplexe Probleme im Schlaf löst und kreativer wirst.

Und noch Vieles mehr!

Hochsensible Kinder

- Paula Weinbach -

In diesem Buch erfährst du:

- ✓ Wie du dein hochsensibles Kind bestmöglich unterstützen kannst.
- ✓ Wie du deinem Kind das Leben erheblich erleichtern kannst.
- ✓ Welche Methoden euch auf eurem Weg am besten weiterhelfen.

Und noch Vieles mehr!

AUSGEGRÜBELT!
Grübeln stoppen in der Praxis

- Paula Weinbach -

In diesem Buch erfährst du:

- ✓ Wie du negative Gedanken endlich stoppen kannst.
- ✓ Wie du innere Blockaden beseitigen kannst und zur Ruhe kommst.
- ✓ Wie du dir nicht mehr über jede Kleinigkeit den Kopf zerbrichst.

Und noch Vieles mehr!

Intervallfasten
für Frauen

- Pauline Höppner -

In diesem Buch erfährst du:

- ✓ Wie du ohne Sport effektiv und langfristig abnehmen kannst.
- ✓ Wie du nur mit einer Stoppuhr dir die Kilos schmelzen lässt.
- ✓ Wie du ohne Verzicht auf Süßes deine Wunschfigur erreichen kannst

Und noch Vieles mehr!

Lust auf mehr? Unser Geschenk an dich!

Vielen Dank für den Kauf von diesem Buch und deinem damit verbundenen Vertrauen in uns als Herausgeber und in Johannes Lichtenberg als Autor dieses großartigen Buchs. Das bedeutet uns wirklich viel, weshalb wir dir den Ratgeber „Habit Hacks – 10 unscheinbare Schlüssel Gewohnheiten, die dein Leben verändern", als Download schenken – vollkommen gratis! Zudem möchten wir dir die Möglichkeit eines direkten Austauschs mit dem Autor anbieten. So kannst du z.B. deine Fragen, dein Feedback oder deine Anregungen Johannes zukommen lassen – eine tolle Möglichkeit für die Kommunikation zwischen Leser und Autor!

Diese kleinen und unscheinbaren Schlüssel Gewohnheiten verändern dein Leben - erfahre:

- ✓ wie eine kleine Veränderung beim Duschen deine Disziplin stärkt und dir einen Energiekick verschafft...
- ✓ wie eine Prise Salz dir einen Kickstart am Morgen verschaffen kann...
- ✓ wie eine kleine Einstellung an deinem Smartphone & Computer deinen Schlaf verbessert...
- ✓ noch weitere geniale und unscheinbare Habit Hacks!

Wenn du bereit bist, dein Leben mit einigen simplen Habit Hacks auf das nächste Level zu bringen, dann gehe jetzt auf

<u>www.KRPublishing.de/ksp</u>

und sichere dir dein kostenloses Exemplar als digitalen Download.

Impressum

Herausgeber:

KR Publishing UG (haftungsbeschränkt)
Mundsburger Damm 26
22087 Hamburg
Deutschland

Printed in Poland
by Amazon Fulfillment
Poland Sp. z o.o., Wrocław

61442829R00066